Magdalena Sporkmann

Miss Money

Was schlaue Mädchen über Geld wissen sollten

Magdalena Sporkmann

Miss Money

Was schlaue Mädchen über Geld wissen sollten

Mit Illustrationen
von Inka Vigh

dtv

Bonusmaterial zum Buch und Veranstaltungstermine findest du auf der Miss Money Website. Scanne dafür diesen QR-Code.

Für Nora, Laura, Alma, Ida, Hannah und Freya

Inhaltsverzeichnis

Hallo Du,

schön, dass du dieses Buch in die Hand genommen hast. Vielleicht hast du zugegriffen, weil du gern wüsstest, wie du mehr Taschengeld bekommen oder dir selbst etwas Geld dazuverdienen kannst. Oder du hast einen Wunsch, auf den du sparen möchtest, aber irgendwie gelingt es dir noch nicht so richtig und am Ende gibst du das Geld doch immer für irgendetwas anderes aus. Das kenne ich selbst sehr gut …

Statt darüber zu jammern, hast du zu diesem Buch gegriffen, mit dem du lernen kannst, wie du dein eigenes Geld verdienen, sparen und vermehren kannst. Das ist klasse! Und damit hast du den allermeisten Mädels und Frauen etwas voraus. Viele Frauen denken, dass Finanzen Männersache sind. Und das war lange Zeit auch tatsächlich so. Erst seit 65 Jahren dürfen Frauen in Deutschland ohne die Erlaubnis ihres Ehemannes arbeiten und ihr eigenes Geld verdienen sowie ein Konto und damit die Macht über ihr eigenes Geld haben. Unfassbar, oder? Deine Großmutter hat also vermutlich noch eine Zeit erlebt, in der Frauen finanziell vollkommen von ihrem Ehemann abhängig waren.

Aber das ist vorbei und es ist höchste Zeit, dass junge Mädchen und Frauen die Freiheiten, die sie haben, auch nutzen! Denn selbst heute im Zeitalter der sogenannten Gleichberechtigung kümmert sich in vielen Familien immer noch der Mann um die finanziellen Angelegenheiten. Und viele Frauen bleiben zu Hause und kümmern sich um Haushalt und Kinder – dadurch bekommen sie dann später weniger Rente und haben im Alter weniger Geld zur Verfügung.

Also herzlichen Glückwunsch, dass du dich entschieden hast, dieses Buch zu lesen und deine Zukunft selbst in die Hand zu nehmen. Mit Geld lässt sich nämlich eine ganze Menge erreichen. Egal, was du mit deinem Leben vorhast, Geld wird immer eine wichtige Rolle darin spielen. Wenn du willst, wird dir Geld ein tolles Studium ermöglichen, großartige Reisen und vielleicht eines Tages sogar die Gründung eines Start-ups. Du hast große Träume und am Geld sollen sie nicht scheitern.

Und jetzt nichts wie losgelesen! Du kannst jederzeit starten – egal, wie wenig Geld, Vorwissen oder Erfahrung du im Moment hast. Dieses Buch wächst mit dir, deinen Fortschritten und deinem Wissensdurst mit. Du kannst klein anfangen und dich langsam vortasten oder direkt voll durchstarten. Den größten Schritt bist du schon gegangen: Du hast Interesse für das Thema Finanzen gezeigt. Und ich kann dir versprechen: Du wirst nicht enttäuscht sein. Finanzen sind einfach, machen Spaß und öffnen dir viele Türen.

Ich wünsche dir viel Freude mit diesem Buch!

Deine Collien

TEIL 1

Ohne Moos nix los? – Du und dein Geld

Dieses Buch ist für dich

Welches sind deine drei größten Wünsche oder Träume?

1.
2.
3.

Brauchst du Geld, um dir diese Wünsche zu erfüllen? Zugegeben: Du benötigst vermutlich nicht *nur* Geld, sondern auch Köpfchen, Mut, gute Freundinnen* oder Geduld. Aber sehr wahrscheinlich kannst du wenigstens einen deiner Wünsche nur mit Geld erfüllen.

Es gibt wunderschöne Dinge, die nichts kosten, zum Beispiel:

Sport machen

Deine Freundinnen treffen

Im See schwimmen

Dich verlieben

Singen

Chillen

Spazierengehen

Zeit mit deiner Familie verbringen

---

* Es werden abwechselnd die weibliche und die männliche Form verwendet. Gemeint sind immer alle Geschlechter.

Es gibt aber auch viele schöne und wichtige Dinge, die etwas kosten, zum Beispiel:

Kinokarten

Trinkwasser

Essen

Inline-Skates

Wohnung

Schlagzeugunterricht

Reisen

Kleidung

Wir alle benutzen ständig Geld, um etwas zu bezahlen, was wir brauchen oder wollen. Gleichzeitig ist es falsch zu denken, dass Geld all unsere Probleme löst, Bedürfnisse befriedigt und Wünsche erfüllt. Das glaubst du nicht? Dann notiere hier einmal einige deiner schönsten Erinnerungen

1.
2.
3.

Sind es Dinge oder Menschen und Erlebnisse, an die du dich gern erinnerst? Ist es dein erstes eigenes Smartphone oder der Tag, an dem deine kleine Schwester geboren wurde, oder die Besteigung eines Berges mit deiner Tante?

Jetzt frage dich einmal, worauf du am ehesten verzichten könntest: Sind es Dinge, Menschen oder Erlebnisse? Was würdest du ohne dein Skateboard machen? Was ohne deine beste Freundin? Was ohne den Ausflug ans Meer in den Ferien?

Du merkst: Die Menschen in deinem Leben sind unersetzbar – und du kannst sie mit keinem Geld der Welt kaufen. Die meisten Dinge aber sind verzichtbar. Erlebnisse

sind wichtig und schön, manche prägen uns und die Erinnerung daran macht uns ewig Freude. Aber macht es rückblickend einen Unterschied, ob du mit deinen Freunden am fernen Meer oder an einem nahen See warst? Ob ihr dorthin mit dem Zug oder dem Fahrrad gefahren seid? Ob ihr dort das teure Essen vom Imbiss oder ein günstiges mitgebrachtes Picknick gegessen habt?
Vermutlich eher weniger …

Und trotzdem gibt es für jede von uns Dinge oder Erlebnisse, die wir nicht missen wollen, weil sie unser Leben so sehr bereichern. Iris freut sich die ganze Woche über auf ihren Töpferkurs. Jin fährt überall mit ihrem Skateboard hin. Charus Kindergartenfreundin lebt in England und sie möchte sie wenigstens ein Mal pro Jahr besuchen. Sie alle brauchen Geld, um das, was ihnen wirklich wichtig ist, zu bezahlen.

Geld ist also nicht die Lösung all unserer Probleme und macht auch nicht glücklich, aber es ist ein mächtiges Werkzeug, mit dem wir viele unserer Bedürfnisse und Wünsche erfüllen können. Je besser du dieses Werkzeug beherrschst, desto nützlicher wird es dir sein. Und in diesem Buch lernst du, wie. – Damit Geld dich nicht daran hindert, das zu erreichen oder zu bekommen, was dir wirklich wichtig ist!

Was ist eigentlich Geld?

Geld ist ein Tauschmittel. Bevor die Menschen Geld hatten, haben sie Waren direkt gegeneinander getauscht, etwa ein Stück Leder gegen einen Korb Pilze.

Dieser Tauschhandel hat allerdings einige Tücken:

1. Die Dinge, die gegeneinander getauscht werden, sollten ungefähr gleich viel wert sein. Dabei kann man sich allerdings gewaltig täuschen. (Daher übrigens das Wort »tauschen«!) Das Leder ist vom Feinsten und auch die Pilze sehen wunderschön aus mit ihren samtigen Kappen. Aber der Schein trügt: Innen sind sie voller Würmer. Ein schlechter Tausch!

2. Stell dir vor: Die Pilzsammlerin möchte kein Leder, sondern lieber ein Stück Fleisch. Das **Angebot** des einen passt also nicht zur **Nachfrage** der anderen.

3. Der Lederhändler hat vielleicht neben dem Leder auch noch einige Tiere. Allerdings möchte er kein Tier schlachten, nur um ein kleines Stück Fleisch gegen einen Korb Pilze zu tauschen. Das restliche Fleisch würde dann, wenn er es nicht schnell gegen weitere Waren eintauscht, verderben. Viele Waren sind nicht lange haltbar. Man kann sie deshalb auch schlecht aufbewahren und für später »sparen«, wenn man sie

gerade nicht tauschen möchte. Und denk nur an den vielen Platz, den man bräuchte!

4. Die Tiere des Lederhändlers sind also schlecht teilbar, brauchen viel Platz und ihr Fleisch ist nicht lange haltbar. Entweder tauscht der Händler ein ganzes Tier gegen eine Ware ein, die genauso viel wert ist wie das Tier, oder er findet viele einzelne Abnehmer, deren Waren er im Tausch gegen ein Stück Fleisch gebrauchen kann. Das ist aber natürlich sehr aufwendig!

5. Um das Problem zu lösen, könnte der Lederhändler zunächst sein Leder bei einem Jäger gegen Fleisch eintauschen und dann bei der Sammlerin das Fleisch gegen Pilze. Das ist aber ebenfalls sehr umständlich und dauert lange.

Deshalb wurden Metalle wie Gold, Silber und Kupfer zu beliebten Tauschmitteln. Sie sind geradezu ewig haltbar, gut teilbar und klein, also leicht zu transportieren und aufzubewahren. Man konnte sie als praktisches Zwischentauschmittel gegen alle anderen Waren eintauschen. Gold, Silber und Kupfer wurden also in kleine Stückchen – die Münzen – geteilt. Das Geld war erfunden! Eine Münze war anfangs so viel wert wie die Menge des Metalls, aus dem sie bestand.

Euro-Münzen beispielsweise bestehen jedoch nicht mehr aus wertvollem Gold oder Silber, sondern zum größten Teil aus günstigem Kupfer, Messing und Nickel. Der Wert unserer Münzen entspricht auch nicht mehr ihrem Materialwert, sondern ist unabhängig davon festgelegt. Der Wert unseres

Geldes basiert auf einem Versprechen: Die Bank gibt dir das Versprechen, dass du zum Beispiel mit einer Zwei-Euro-Münze etwas kaufen kannst, das zwei Euro kostet.

Wenn man nun aber etwas sehr Wertvolles kaufen will, sind Münzen auch nicht das Richtige. Stell dir vor, du solltest ein Fahrrad in Münzen bezahlen. Wenn es 400 Euro kostet, müsstest du 200 Zwei-Euro-Stücke in den Laden schleppen. Das sind 1,5 Kilogramm! Deshalb gibt es Geldscheine, die genauso wie Münzen ein Versprechen geben. Ein Hundert-Euro-Schein zum Beispiel ist eine Art Gutschein, mit dem man etwas kaufen kann, das einhundert Euro kostet. Geldscheine bestehen übrigens zum größten Teil aus Baumwolle – wie dein T-Shirt. Deswegen ist es auch nicht so schlimm, wenn du aus Versehen mal einen Geldschein in der Hosentasche vergisst und er mitgewaschen wird.

Geld löst also eine Menge Probleme des Tauschhandels: Es ist klein, teilbar, leicht, haltbar und man kann es gegen praktisch alle anderen Gegenstände desselben Werts eintauschen. Aber wie viel ist ein einzelner Geldschein oder eine einzelne Münze nun wert? Die Zahl auf der Münze oder dem Geldschein gibt einen Wert an, zum Beispiel zehn Cent, fünf, fünfzig oder hundert Euro. Dieser Wert ist so groß wie sein Gegenwert, also der Preis der Ware, die man mit dem Geld kaufen kann. Was du von deinem Geld kaufen kannst, ändert sich allerdings ständig, weil sich der Preis der Dinge ständig ändert. Und dieser hängt von vielen verschiedenen Faktoren ab.

Sagen wir, du hast vier Euro und möchtest davon Erdbeeren kaufen. Aber es ist gerade Winter und Erdbeeren wachsen eigentlich im Sommer. Die Erdbeeren, die du im Winter kaufen kannst, kommen entweder aus einem Land, in dem gerade Sommer ist, oder aus einem Gewächshaus. Beides ist sehr aufwendig und teuer: Kommen die Erdbeeren aus einem anderen Land, sind sie weit gereist, vielleicht sogar mit dem Flugzeug. Kommen sie aus einem Gewächshaus, musste der Erdbeer-Bauer zunächst das Gewächshaus bauen, es beheizen und bewässern. Die Erdbeeren müssen also teuer verkauft werden, weil ihr Anbau und Transport aufwendig und kostspielig waren. Deshalb kannst du im Winter für vier Euro nur eine kleine Schale Erdbeeren kaufen.

Im Sommer wachsen die Erdbeeren nahezu vor deiner Tür, weil sie dort alles bekommen, was sie brauchen: Sonne, Wärme und etwas Regen. Sie müssen weder reisen noch in einem beheizten Gewächshaus reifen. Deshalb können sie viel günstiger angebaut und verkauft werden. Eine kleine Schale Erdbeeren kostet dann nur noch zwei Euro, also halb so viel wie im Winter. Und wenn alle Erdbeeren gleichzeitig reif werden und es plötzlich mehr Erdbeeren gibt als die Menschen kaufen wollen, bieten die Händlerinnen sie noch günstiger an, um möglichst viel zu verkaufen. Dann kannst du sogar zwei Schalen Erdbeeren für zwei Euro kaufen. Das ist vier Mal so viel wie im Winter.

Wenn du für die gleiche Geldmenge nicht immer gleich viel kaufen kannst, bedeutet das auch: Du kannst schlaue oder weniger schlaue Entscheidungen beim Einkaufen treffen. Dazu später mehr.

Geld hat keinen eigentlichen Wert. Der Wert des Geldes schwankt mit seinem Gegenwert, dem Preis der Waren.

Wenn alles immer teurer wird und du deshalb immer weniger für die gleiche Summe Geld kaufen kannst, nennt man das Inflation. Das Geld wird dabei entwertet.

Wenn aber alles immer günstiger wird und du deshalb immer mehr für die gleiche Summe Geld kaufen kannst, gibt es eine Deflation. Das Geld wird dabei aufgewertet.

Übrigens: Ist dir schon mal aufgefallen, dass die Menschen in unterschiedlichen Ländern unterschiedliches Geld haben? Vielleicht musstest du auf Reisen schon mal Geld umtauschen, um dann am Urlaubsort bar bezahlen zu können. Der Grund dafür ist, dass es verschiedene Währungen gibt. In Deutschland gibt es zum Beispiel den Euro, in der Schweiz den Franken und in den USA den US-Dollar. Eine **Währung** ist das Zahlungsmittel eines Landes oder einer Währungsunion. In einer **Währungsunion** haben sich verschiedene Länder zusammengeschlossen, die alle dieselbe Währung benutzen, wie zum Beispiel die Länder des Euro-Raumes.

Aber ist es nicht ein bisschen komisch, dass du in dem einen Land Brot nur für Euro, in dem anderen aber nur für Franken kaufen kannst? Warum funktionieren die Währungen nur an einem bestimmten Ort? Die einfache Antwort lautet: Vertrauen. Die Menschen eines Landes vertrauen in ihre Währung. Sie vertrauen darauf, dass sie mit dem gleichen Geld, mit dem ihre Arbeit bezahlt wird, im Supermarkt einkaufen können. Und woher kommt dieses riesige Vertrauen? Institutionen wie Banken und Zentralbanken bürgen für die Sicherheit der Währung. Sie stellen sicher, dass das Geld, das ausgegeben wird, echt ist und dass die Zahl auf deinem Kontoauszug stimmt. Sie sorgen dafür, dass Geld, welches du deiner Freundin überweisen möchtest, bei ihr ankommt und von deinem Konto abgezogen wird. Zentralbanken legen auch fest, wie viel Geld im Umlauf ist und bemühen sich so darum, dass Geld und Waren in einem guten Verhältnis zueinander stehen, damit es weder eine starke Inflation noch eine starke Deflation gibt.

Dollar, Euro und Co. sind also an die Länder, in denen sie gültig sind, gebunden. Deshalb spricht man auch von nationalen Währungen. Im Gegensatz dazu gibt es auch globale, digitale Währungen. Diese können weltweit eingesetzt werden, existieren aber nur digital, das heißt ohne Münzen und Scheine. Man nennt diese Währungen auch

Kryptowährungen und manche behaupten, sie seien das neue Geld. Was es damit auf sich hat, erfährst du im Kapitel *Kryptowährungen*.

Geld und Gefühle

Weil Geld so ein kraftvolles Werkzeug ist, kann es starke Gefühle auslösen. Kennst du das?

Vielleicht fühlst du dich …

… schuldig, weil du mehr ausgegeben hast, als du wolltest.

… zufrieden, weil du Geld gespart hast.

… gierig, weil du das Geld, das dir deine Eltern für dich und deine Geschwister gegeben haben, nicht teilen möchtest.

… stolz, weil du dir dein eigenes Geld verdient hast.

… ängstlich, weil du deine Geldbörse nicht mehr finden kannst und fürchtest, sie verloren zu haben.

… glücklich, weil Oma dir einen Zwanziger zugesteckt hat.

… neidisch, weil deine Freundin mehr Taschengeld bekommt als du.

… beruhigt, weil du weißt, dass du genug Geld gespart hast, um dir sofort eine Konzertkarte zu sichern, wenn deine Lieblingsband ein Konzert in der Nähe gibt.

Frag mal deine Freundinnen: Bestimmt haben sie sich auch alle schon einmal so gefühlt, wenn es um Geld ging. Deine Gefühle sind wichtig, denn sie können dir viel darüber verraten, wie es mit dir und deinem Geld gerade so läuft: Hast du genug, um dir deine Wünsche zu erfüllen? Weißt du, wie du an mehr Geld kommst? Gelingt es dir, zu sparen? Gibst du mehr aus, als du möchtest?

WAS, WENN …

… schlechte Gefühle wegen Geld deine Freundschaft belasten? Vielleicht hast du Freundinnen, die wesentlich mehr Geld zur Verfügung haben als du und beneidest sie darum. Oder du bist traurig, weil du es dir nicht leisten kannst, mit ihnen in das angesagte neue Café zu gehen. Vielleicht hat aber auch deine Freundin weniger Geld als du und du fühlst dich schuldig, wenn du dir etwas Schönes gönnst und weißt, dass sie sich das niemals leisten könnte. So oder so: Ihr solltet offen miteinander sprechen. Weder viel noch wenig Geld zu haben, ist eine Schande. Wenn ihr befreundet seid, wird Geld kein Hindernis sein. Sprecht darüber, wer wie viel Geld ausgeben kann oder will und findet einen Kompromiss. Ihr könntet euch auf etwas einigen, was ihr euch alle leisten könnt. Ein Kompromiss kann aber auch sein, dass die, die mehr haben, mehr zahlen und damit ausgleichen, dass manche weniger haben. Du wirst sehen: Es ist wahrscheinlich, dass nicht immer die einen mehr haben als die anderen. Je nachdem, wie euer Leben weiter verläuft, wird sich das Verhältnis noch häufiger um-

drehen: Mal hat die eine, mal die andere mehr Geld und ihr könnt euch gegenseitig unterstützen. Allerdings sollte diese Unterstützung freiwillig und bedingungslos gewährt werden, damit sie eure Freundschaft bereichert und nicht belastet.

Dein Money Mindset

Du hast schon gelernt, dass der Wert deines Geldes alles andere als in Stein gemeißelt ist. Er hängt von vielen Dingen ab – auch von deinem **Money Mindset**. Das Money Mindset ist deine Einstellung zu Geld, beispielsweise ob du Geld gut oder böse, wichtig oder unwichtig findest. Denke einmal über die folgenden Situationen nach und du wirst erkennen, wie deine Einstellung zum Geld dessen Wert für dich beeinflusst.

Treffen diese Aussagen auf dich zu?

1. Der Kassierer gibt dir dein Wechselgeld. Du hast bereits ausgerechnet, wie viel du zurückbekommen solltest und zählst das Geld nach, bevor du es ins Portemonnaie steckst.

   Ja   Nein

2. Deine Cousine ruft an und fragt, was du dir von ihrem Gutschein zum Geburtstag gekauft hast. Du schielst hinüber zu deiner Pinnwand. Dort siehst du den Gutschein jeden Tag und freust dich schon darauf, dir davon etwas Schönes zu leisten. Bis du weißt, was genau, hebst du ihn voller Vorfreude auf.

   Ja   Nein

3. Dein Geld liegt nicht lose in deiner Jackentasche oder deinem Zimmer, sondern du bewahrst es an einem sicheren Ort auf, zum Beispiel in deinem Portemonnaie, im Sparschwein oder auf deinem Bankkonto.

Ja Nein

4. Du sagst der Eisverkäuferin, welche Sorten du haben möchtest. Als sie den Preis nennt, gibst du ihr die abgezählten Münzen. Du hattest dir zuvor genau überlegt, was du nimmst und ausgerechnet, was es kostet.

Ja Nein

5. Schon wieder hast du deine Mütze irgendwo vergessen. Deine Freundin sagt: »Umso besser, dann können wir zusammen eine neue aussuchen!« Aber du gehst alle Wege noch mal ab, rufst in den Fundbüros des öffentlichen Nahverkehrs, der Schule und des Sportvereins an. Kurzum: Du tust alles, um deine Mütze wiederzufinden.

Ja Nein

6. Dein Papa fragt dich: »Wie viel Geld hast du auf dem Flohmarkt ausgegeben?« Du weißt genau, wie viel und sagst es ihm, ohne zu zögern.

Ja Nein

Was haben all diese Situationen gemeinsam? Ein Sprichwort fasst es gut zusammen: »Wer den Pfennig nicht ehrt, ist des Talers nicht wert.« Pfennig und Taler sind Geldstücke von früher. Heute könnte es heißen: »Wer den Cent nicht ehrt, ist des Euros nicht wert.« Das bedeutet: Wer nicht gut auf sein Kleingeld aufpasst und es bei kleinen Geldbeträgen nicht so genau nimmt, wird vermutlich niemals zu einem großen Vermögen kommen.

Immer, wenn du mit »Ja« geantwortet hast, hast du bewiesen, dass du auf dein Geld achtest. Ein »Nein« zeigt hingegen, dass du nachlässig mit deinem Geld umgehst. Vielleicht denkst du: »Ist doch egal, ob das Rückgeld auf den Cent genau stimmt.« Aber das ist es nicht. Denn wenn du jetzt zu faul bist, nachzurechnen, wirst du vermutlich auch zu faul sein, wenn es einmal um mehr Geld geht. Erstaunlicherweise gewöhnen wir uns sehr schnell daran, eine bestimmte Menge Geld zur Verfügung zu haben. Wenn du heute vierzig Euro Taschengeld im Monat bekommst, denkst du, dass ein Euro mehr oder weniger auch keinen großen Unterschied macht. Ein Euro von vierzig sind 2,5 Prozent. Aber stell dir vor, du verdienst später einmal viertausend Euro im Monat. 2,5 Prozent von viertausend Euro sind hundert Euro. Das ist mehr als doppelt so viel wie dein jetziges Taschengeld. Denkst du immer noch, dass es auf diese 2,5 Prozent nicht ankommt?

Du erkennst: Es macht einen deutlichen Unterschied, ob das Wechselgeld genau stimmt. Es macht einen Unterschied, ob du dein Geld sorgsam aufbewahrst und nichts davon verbummelst. Und es macht einen Unterschied, ob du eine neue Mütze kaufen musst, weil du zu faul bist, die verlorene zu suchen.

Wie du mit kleinen Geldbeträgen verfährst, deutet an, wie du später größere Beträge handhaben wirst. Dein Umgang mit Kleingeld zeigt, ob du dir im Voraus überlegst, wie viel etwas kostet, ob du so viel hast und ausgeben willst. Er zeigt, ob du dein Geld gedankenlos »aus dem Fenster wirfst« oder es wohlüberlegt für genau die Dinge ausgibst, die du brauchst und die du dir wirklich wünschst.

Du wirst sehen: Je mehr Wert du deinem Geld gibst – egal, ob es vierzig, viertausend oder vier Millionen Euro sind –, desto mehr Wert wird es dir auch bringen. Wenn du gut auf dein Geld aufpasst und es so schlau wie möglich einsetzt, wird es gern zu dir kommen und bei dir bleiben. Es wird dir gelingen, dein Geld zu sparen und dann so auszugeben, dass es dir lange und viel Freude bereitet.

Der Kreislauf des Geldes

Dein Geld bewegt sich in einem Kreislauf zwischen Einnahmen und Ausgaben.

Einnahmen sind ein Zufluss von Geld. Das kann auf verschiedenen Arten und in verschiedenen Formen passieren. Taschengeld und Geldgeschenke sind dir sicher vertraut. Wenn du in einer Firma oder einem Geschäft angestellt bist, also eine Chefin oder einen Chef hast, erhältst du für deine Arbeit einen **Lohn**, **Verdienst** oder ein **Gehalt**. Wenn du aber nicht angestellt, sondern deine eigene Chefin bist, dann bist du Unternehmerin. Du erarbeitest dir dann keinen Lohn, sondern ein **Honorar**, eine **Gage** oder einen **Gewinn**. Es geht aber auch umgedreht: Nicht *du* arbeitest für dein

Geld, sondern dein Geld arbeitet für dich und du erhältst eine **Rendite**. Das ist der **Gewinn**, wenn du Geld erfolgreich investierst. Klingt verlockend? Dazu kommen wir gleich.

Kaum ist das Geld in deinem Portemonnaie, deinem Sparschwein oder auf deinem Konto gelandet, fließt es in seinem Kreislauf auch schon weiter. Es fließt ab. Und wohin? Du hast vielleicht schon festgestellt, dass dein Geld unterschiedliche Dinge bewirkt, je nachdem, was du damit machst. Mit Geld kannst du nämlich konsumieren, sparen, investieren und spenden. Das sind deine **Ausgaben**.

Zu **konsumieren** bedeutet, das Geld zu verbrauchen. Du gibst dein Geld für Turnschuhe, Kosmetik oder ein Escape Game aus und es ist weg. Das, was du von deinem Geld gekauft hast, nutzt sich ab (Turnschuhe), wird verbraucht (Kosmetik) oder geht vorüber (Escape Game). Das klingt erst einmal traurig, aber wenn du die richtigen Konsum-Entscheidungen triffst, wirst du lange Freude an deinen Einkäufen oder Erinnerungen haben. Wie das geht, erfährst du im Kapitel *Schlau konsumieren*.

Einen Teil deines Geldes solltest du aber einfach behalten und für später aufheben. Das nennt man **sparen**. Wie viel du sparst, hängt davon ab, was du dir in der Zukunft von deinen Ersparnissen kaufen möchtest und wann du es kaufen möchtest. Mehr dazu kannst du in den nächsten Kapiteln lesen.

Wusstest du, dass du dein Geld auch ausgeben kannst, es dadurch aber nicht weniger, sondern mit etwas Glück sogar mehr wird? Klingt nach Zauberei? Ein bisschen magisch ist das auch – und nennt sich **Investieren**. Wenn du Geld investierst, dann kaufst du davon Dinge, die entweder in der Zukunft mehr wert werden können oder mit denen du mehr Geld verdienen kannst, zum Beispiel indem du sie vermietest oder mit ihnen etwas herstellst, das du teurer verkaufen kannst. Du erinnerst dich: Der Gewinn, der auf diese Weise entsteht, nennt sich Rendite.

Wenn du reich werden möchtest, ist es sehr wichtig, den Unterschied zwischen Konsumieren und Investieren zu verstehen. Wenn du konsumierst, gibst du dein Geld weg und machst die Person reich, der du etwas abkaufst. Wenn du investierst, behältst du dein Geld, lässt es für dich arbeiten und machst dich selbst reich. So einfach ist das.

Investieren kann man auf ganz unterschiedliche Weise: Emilia beispielsweise ist Expertin für Comics. Sie kauft von ihrem Taschengeld viele besondere Comic-Hefte. Nach einer Weile besitzt sie so viele, dass sie damit im Keller ihres Wohnhauses ein paar Regale füllen kann. Sie beginnt, die Comics an andere Jugendliche zu verleihen und nimmt so Geld ein. Nach ein paar Jahren hat sie auf diese Weise mehr Geld eingenommen als die Comics ursprünglich gekostet haben.

Thao investiert ihr Geld in deutsche Hip-Hop-Alben der 1990er Jahre, manche davon sogar signiert. Immer wieder kauft sie sich ein paar neue von ihrem Taschengeld. Als sie nach ein paar Jahren ihre riesige Sammlung verkauft, bekommt sie dafür mehr Geld, als die Alben ursprünglich gekostet haben. Das liegt sicher daran, dass einige wirklich selten gewordene Alben darunter sind – und noch dazu signiert. Außerdem ist ihre Sammlung fast vollständig. Eine komplette Sammlung wie die von Thao ist dann für manche Leute besonders begehrenswert und sie sind bereit, dafür viel Geld zu bezahlen.

Leider kannst du nicht sicher wissen, ob die Dinge, in die du dein Geld investierst, später mehr wert sein oder einen höheren Wert produzieren werden. Emilias Comic-Hefte könnten einem Wasserschaden oder Feuer zum Opfer fallen. Oder die anderen Teenager interessieren sich nicht für Comics und wollen die Hefte gar nicht ausleihen. Und Thaos Hip-Hop-Sammlung kann in Zukunft einfach nur alt und gar nicht begehrt sein. Trotzdem ist es eine schlaue Idee, Geld zu investieren, denn mit etwas Überlegung, Geduld und auch Glück kannst du so leichter und schneller mehr Geld als durch Arbeiten verdienen. Viele Menschen investieren in Aktien. Was das ist und wie es geht, erfährst du im Kapitel *Börse und Aktien*.

Wenn du darüber nachdenkst, was du mit deinem Geld machen möchtest, solltest du auch das **Spenden** nicht vergessen. Geld zu spenden, bedeutet, es zu verschenken. Warum du das regelmäßig tun solltest, liest du im Kapitel *Wer Geld hat, trägt Verantwortung*.

Kennst du die 50-30-20-Regel? Sie kann dir helfen, deine Einnahmen sinnvoll einzusetzen. Nach dieser Regel solltest du etwa …

… 50% deiner Einnahmen für Dinge ausgeben, die du brauchst
… 30% deiner Einnahmen für Dinge ausgeben, die du möchtest
… 20% deiner Einnahmen sparen

Diese Regel ist nützlich für eine erste Orientierung. Für einen besseren Überblick kannst du dein Geld in drei Schraubgläsern aufbewahren. Das erste beschriftest du mit »Brauchen«, das zweite mit »Wollen« und das dritte mit »Sparen/Investieren«. Immer, wenn du nun Taschengeld bekommst, legst du die Hälfte davon in das erste Glas, 30% in das zweite und 20% in das dritte Glas. Im weiteren Verlauf dieses Buches wirst du aber sehen, dass es auch gute Gründe dafür gibt, die Regel ein bisschen zu verändern und zum Beispiel weniger zu konsumieren und dafür mehr zu sparen und zu investieren.

TEIL 2

Für deinen Traum sparen

Deine Wünsche und dein Sparziel

Zu Beginn dieses Buchs hast du deine drei größten Wünsche notiert. Wähle nun einen der Wünsche aus. Wie viel Geld brauchst du, um ihn dir zu erfüllen? Und wann möchtest du ihn dir erfüllen? Wenn du diese beiden Fragen beantwortet hast, kennst du dein **Sparziel**.

Wenn du dir dein Sparziel überlegst, sei dabei SMART! Das bedeutet auf Englisch »schlau«. Außerdem steht jeder Buchstabe für ein englisches Wort, das beschreibt, was schlaue Ziele ausmacht:

Specific (spezifisch)
Mesurable (messbar)
Assignable (zuweisbar)
Reasonable (angemessen) und
Time-bound (terminiert)

Deine Ziele sollten also …
… ganz genau benannt,
… messbar,

... in der Verantwortung einer Person,
... umsetzbar und
... mit einer Deadline versehen sein.

Was das bringt? Mit dem SMART-Prinzip fällt es dir leichter, dein Ziel im Auge zu behalten, den Weg dorthin zu planen und zu überprüfen, ob du tatsächlich Fortschritte machst. Ein SMARTes Ziel kannst du dir ganz genau vorstellen und das ist ein großartiger Ansporn!

Ein schwammiges Ziel wie »Ich will mehr Geld haben.« kannst du im Prinzip gar nicht erreichen, weil nicht klar ist, ob schon zehn Euro mehr zählen oder ob du tausend Euro mehr möchtest. Dadurch fehlt schnell die Motivation.

So setzt sich beispielsweise Malika ein SMARTes Sparziel: Malika ist sechzehn. Sie teilt sich mit ihrem kleinen Bruder ein Notebook. In zwei Jahren, wenn sie Abitur macht und für ihr Studium zu Hause auszieht, möchte sie ihr eigenes Notebook haben. Sie recherchiert und sieht, dass ihr Traum-Notebook ganze 1200 Euro kostet. Malika recherchiert weiter und findet gebrauchte Modelle dieses Notebooks schon für 800 Euro. Sie weiß, die Qualität des Notebooks ist so gut, dass ein gebrauchtes auch ausreicht. Außerdem gibt der Händler drei Jahre Garantie auf jedes gebrauchte Notebook. Ein guter Deal für Malika. Sie setzt sich ein SMARTes Sparziel: Malika möchte in zwei Jahren 800 Euro für ihr eigenes Notebook sparen. Zwei Jahre – das sind 24 Monate. Malika teilt die Summe, die sie für das Notebook braucht, durch 24. Nun weiß sie, dass sie jeden Monat 33 Euro sparen muss. Das ist ihre **Sparrate**.

Pro Monat erhält Malika 42 Euro Taschengeld. Wenn sie ihr Sparziel erreichen möchte, darf sie davon nur neun Euro ausgeben. Den Rest muss sie sparen.

Das klingt einfach, fällt aber vielen Menschen ziemlich schwer. Denn auf ein Ziel in der Zukunft zu sparen, bedeutet, in der Gegenwart dafür auf etwas zu verzichten oder sich mehr anzustrengen. Bisher hat Malika ihr ganzes Taschengeld ausgegeben. Sie ist mit Freundinnen ins Museum gegangen, hat Klamotten gekauft oder neue Computerspiele ausprobiert. Wenn sie ihr Sparziel erreichen möchte, muss sie auf einen großen Teil davon für zwei Jahre verzichten.

Zugegeben, Malikas **Sparquote**, also der Anteil dessen, was sie von ihrem Taschengeld sparen muss, entspricht nicht gerade den 20 Prozent aus der 50-30-20-Regel. In Malikas Fall wäre die Sparquote sogar fast bei 80 Prozent und würde bedeuten, dass sie kaum mehr mit ihren Freundinnen ausgehen kann. Malika weiß, dass sie das nicht zwei Jahre lang durchhalten würde. Also überlegt sie, wie sie

1. Bei ihren Ausgaben sparen und

2. Ihre Einnahmen erhöhen kann.

Die richtige Einstellung und ein paar Tricks helfen beim Sparen. Welche, erfährst du im nächsten Kapitel.

Ein Sparziel sollte jeder Mensch haben: den Notgroschen. Dieser ist – sein Name sagt es schon – für Notfälle da. Wahrscheinlich lebst du wie die meisten Kinder und Jugendlichen bei deinen Eltern und musst dir um echte Notsituationen, zum Beispiel eine kaputte Waschmaschine, Kündigung oder Krankheit, noch keine Sorgen machen. Trotzdem kann es nützlich sein, wenn auch du einen Notgroschen ansparst, und zwar für weniger dramatische »Notsituationen«, in denen du spontan etwas mehr Geld benötigst: Deine Lieblingsjeans geht kaputt und du musst eine neue kaufen, dein Fahrrad muss repariert werden oder dein PC hat sich ein Virus eingefangen. Überlege dir, welche Situation für dich eine Notsituation wäre, in der du schnell etwas Geld brauchst, und lege dir so viel beiseite. Den Notgroschen darfst du natürlich nur im Notfall ausgeben. Bei Erwachsenen, die für sich selbst sorgen, sollte der Notgroschen das Dreifache dessen umfassen, was sie pro Monat zum Leben brauchen, damit sie genug Zeit haben, sich einen neuen Job zu suchen, wenn ihnen gekündigt wurde oder lange genug frei machen können, wenn sie mal krank werden.

Richtig sparen

Du weißt, wie viel Geld du jeden Monat sparen möchtest, um dein Sparziel zu erreichen. Am besten, du verschaffst dir nun zuerst einen Überblick über deine regelmäßigen Einnahmen und Ausgaben. Notiere, wie viel Geld du jeden Monat bekommst: dein Taschengeld, Geldgeschenke und, wenn du dir schon etwas Geld selbst verdienst, auch dein Gehalt oder Honorar. Du kannst dafür ein **Haushaltsbuch** nutzen: ein leeres Heft oder auch eine App speziell zu diesem Zweck. Darin listest du auch deine Ausgaben auf, also alles Geld, was du in einem Monat ausgibst. Verlasse dich dabei nicht nur auf deine Erinnerung, sondern notiere jede Ausgabe sofort, egal wie klein, bis auf den Cent genau. Ausgaben, die nur einmal pro Jahr anfallen, wie zum Beispiel der Mitgliedsbeitrag für deinen Ruderverein, teilst du durch 12 und weißt dann, wie viel du monatlich dafür beiseitelegen musst.

Ziehe nun deine Ausgaben von deinen Einnahmen ab. Den Betrag, der übrig bleibt, kannst du im Moment jeden Monat sparen, wenn du nichts veränderst.

WAS, WENN …

… diese Summe kleiner ist als die monatliche Sparrate, die du dir vorgenommen hast? Dann kannst du:

1. Weniger Geld ausgeben

2. Mehr Geld einnehmen

3. Dein Sparziel etwas nach hinten verschieben und so deine Sparrate verkleinern

Lege dir in jedem Fall einen genauen Plan zurecht: Wie viel deiner Einnahmen willst du in Zukunft ausgeben? Wie viel mehr Geld willst du verdienen? Wie lange und welche Summe pro Monat willst du sparen? Nur, wenn du einen Plan hast, kannst du jederzeit sehen, ob du dein Ziel so erreichen wirst oder nicht. Am besten, du schreibst dir deinen Plan auf oder hältst ihn in einer kleinen Grafik zeichnerisch fest. Dann hast du ihn immer vor Augen.

Wenn du erfolgreich sparen möchtest, musst du es zur Gewohnheit machen. Knapse von deinem Einkommen jeden Monat zuerst deine Sparrate ab. Dein Sparziel ist wichtig. Also behandele es auch mit Vorzug. Das Prinzip »Ich-spare-wenn-was-übrig-bleibt« funktioniert nicht, denn meistens bleibt so nichts übrig. Dein Erspartes sammelst du an einem sicheren Ort und rührst es nicht an, bis dein Ziel erreicht ist.

Noch einfacher: Automatisiere das Sparen. Dann musst du nicht jedes Mal mit dir ringen, ob du die zehn Euro, die du dir als Sparrate vorgenommen hast, tatsächlich sparst oder doch für das hübsche T-Shirt ausgibst, das du im Schaufenster gesehen hast. Um das Sparen zu automatisieren, brauchst du ein Girokonto. Was das ist und wie du damit automatisch sparen kannst, erfährst du im Kapitel *Sparschwein oder Bankkonto?*

Du liebst die Herausforderung? Dann probiere diese Tricks aus, um ganz nebenbei noch etwas extra zu sparen:

1. Wenn du etwas kaufst, runde in Gedanken auf und lege das Wechselgeld in deine Sparbüchse. – Das Eis kostet 1,80 Euro? Runde auf zwei Euro auf und wirf die zwanzig Cent in deine Spardose. Du wirst sehen: Kleinvieh macht auch Mist.

2. Oder du versuchst, genau so viel, wie du ausgegeben hast, in dein Sparschwein zu werfen: Also 1,80 Euro für das Eis und 1,80 Euro für das Sparschwein.

3. Du könntest auch ein Mal pro Woche das Kleingeld aus deinem Portemonnaie in dein Sparschwein entleeren.

4. Oder du sammelst einen Monat lang alle Zwei-Euro-Stücke, die in deinem Portemonnaie landen.

WAS, WENN …

… es dir schwer fällt, weniger Geld auszugeben? Lerne, wie du bewusster einkaufst und trotzdem nicht das Gefühl hast, du müsstest auf etwas verzichten. Du glaubst nicht, dass das geht? Dann schau doch mal in den *Teil 4: Sparen allein reicht nicht? – Gib weniger Geld aus!*

Sparschwein oder Bankkonto?

Du solltest deine Ersparnisse an einem sicheren Ort aufbewahren. Fürs Erste genügen bestimmt ein Sparschwein, eine Schachtel oder ein großes Schraubglas. Die solltest du an einer Stelle in deinem Zimmer verstecken, die nur du kennst und die sicher ist (Papierstapel, Kleiderhaufen und Hamsterkäfig sind ungeeignet).

Früher oder später brauchst du aber ein eigenes Konto bei der Bank oder der Sparkasse: ein **Girokonto**. »Giro« ist Italienisch und bedeutet »Kreis«. Das Girokonto heißt so, weil das Geld sich dort im Kreislauf zwischen Einnahmen und Ausgaben bewegt: Geld wird auf das Konto eingezahlt und von dem Konto wieder abgehoben. »Konto« kommt auch aus dem Italienischen. »Conto« bedeutet dort »Rechnung«. Ein Girokonto ist also eine Rechnung, auf der immer ganz genau steht, wie viel Geld eingezahlt und wieder abgehoben wird. Diese Rechnung kannst du dir online ansehen oder an einem Bankautomaten als **Kontoauszug** ausdrucken lassen. Darauf kannst du alle Ein- und Auszahlungen sehen sowie deinen **Kontostand**, also wie viel Geld sich insgesamt gerade auf deinem Konto befindet.

Was macht die Bank eigentlich mit dem Geld, das du und viele andere Menschen ihr anvertrauen? Einen Teil davon bewahrt sie in riesigen Tresoren auf. Einen anderen Teil nutzt sie, um damit selbst Geld zu verdienen. Sie investiert. Die Bank verleiht zum Beispiel Geld an Menschen, die ein Haus bauen oder ein Unternehmen gründen wollen. Und dafür verlangt die Bank von diesen Menschen Gebühren, die Zinsen. Als Dankeschön, dass sie dafür dein Geld benutzen durfte, gibt die Bank dir von diesen Zinsen etwas ab. Angenommen, die Bank verlangt einerseits vier Prozent Zinsen für einen Kredit und gibt andererseits zwei Prozent Zinsen auf die Ersparnisse auf dem Girokonto. Dann muss die Person, die den Kredit erhält, vier Prozent mehr an die Bank zurückzahlen als sie sich geliehen hat, kann sich aber direkt ihren Traum verwirklichen. Und du, die ihr Geld in einem Girokonto der Sparkasse aufbewahrt, erhältst jedes Jahr zwei Prozent mehr, als du angespart hast. Die restlichen zwei Prozent behält die Bank. Eine Win-win-win-Situation!

Umgekehrt erlaubt dir die Bank übrigens unter bestimmten Umständen, dein Konto zu »überziehen«, also mehr auszugeben, als sich auf deinem Konto befindet.

Da sie dir dafür Geld leihen muss, ist auch das ein Kredit, den die Bank dir gibt – und zwar ein ziemlich teurer. Dieser Kredit nennt sich Dispositionskredit, oder einfach kurz Dispo. Auf den Dispo entfallen oft zehn oder mehr Prozent Zinsen. Wenn du auf diese Weise zum Beispiel dreißig Euro ins »Minus« geraten bist, musst du dein Konto nicht nur wieder ausgleichen, indem du dreißig Euro darauf einzahlst, sondern sogar noch drei Euro mehr als Zinsen. Ein ganz schlechter Deal! Das solltest du unbedingt vermeiden.

Zu deinem Girokonto bekommst du eine **Girocard**. Das ist eine Plastikkarte mit einem kleinen Chip, auf dem alle Informationen zu deinem Girokonto gespeichert sind. Weil diese Informationen aber nur dich etwas angehen, ist die Karte mit einer vierstelligen Geheimnummer gesichert. Diese sogenannte **PIN** musst du dir gut merken und darfst sie niemandem verraten. Du brauchst sie jedes Mal, wenn du deine Girocard benutzt. Also zum Beispiel, wenn du an Bankautomaten Geld von deinem Konto abheben oder es darauf einzahlen willst. Außerdem kannst du mit der Karte anstelle von Bargeld bezahlen: online und im Geschäft. Aber aufgepasst! Die Verlockung ist groß, mit der Girocard mehr Geld auszugeben als du möchtest, weil du beim Bezahlen nicht siehst, dass dein Geld weniger wird.

Wie du nicht den Überblick verlierst, erfährst du in dem Kapitel *Nur Bares ist Wahres*.

Ein paar Dinge solltest du prüfen, bevor du dich für eine Bank entscheidest:

1. Bei welcher Bank oder Sparkasse sind die Gebühren für ein Girokonto am niedrigsten? Oder noch besser: Gibt es bei einer Bank oder Sparkasse vielleicht sogar ein gebührenfreies Girokonto für Jugendliche? Da du so viel wie möglich sparen willst, solltest du keine unnötigen Gebühren zahlen!

2. An welchen Bankautomaten kannst du mit deiner Girocard Geld abheben? Wenn du Bargeld brauchst, willst du es dafür nicht weit haben. Viele Banken und Sparkassen verlangen Gebühren, wenn du mit einer Girocard von einer anderen Bank bei ihnen Geld abhebst.

3. Wie hoch sind die Zinsen, die du auf deine Ersparnisse bekommst?

Schau auch mal nach Online-Banken. Das sind Banken, die keine Filialen haben, aber dafür oft sehr günstige Angebote. Es gibt Online-Banken, die dir ein kostenloses Girokonto und das kostenfreie Geldabheben an allen Geldautomaten anbieten. Achte aber darauf, dass die Bank trotzdem einen guten Kundenservice hat, denn wenn du einmal eine Frage oder ein Problem hast, möchtest du, dass dir schnell und zuverlässig geholfen wird.

Wenn du dich für eine Bank oder Sparkasse entschieden hast, kannst du online oder am Schalter ein Girokonto eröffnen. Solange du jünger als 18 Jahre bist, müssen deine Eltern bei der Eröffnung eines Girokontos mitunterschreiben. Ihr müsst ein paar Formulare ausfüllen und ein paar Tage auf die Post warten, die dir deine Girocard und die PIN bringt. Dann hast du dein eigenes Girokonto. Deine Eltern können dir dein Taschengeld jetzt per **Dauerauftrag** zahlen. Das heißt, sie sagen ihrer Bank, wie viel Geld pro Monat von ihrem Konto auf dein Konto überwiesen, also gesendet, werden soll. Das passiert dann automatisch jeden Monat am gleichen Tag. Und woher weiß die Bank deiner Eltern, welches dein Konto ist? Jedes Konto hat eine eigene **Kontonummer**. Außerdem gibt eine **Bankleitzahl** an, bei welcher Bank oder Sparkasse du dein Konto hast. Aus einem Kürzel für das Land, in dem deine Bank ist (DE für Deutschland), einer **Prüfziffer**, die vor Tippfehlern schützt, der Bankleitzahl und deiner Kontonummer ergibt sich die **IBAN**. Das ist eine Abkürzung für den englischen Begriff »International Bank Account Number« und bedeutet übersetzt »Internationale Bank-Konto-Nummer«. Das ist so etwas wie die Adresse deines Kontos. Deine Eltern müssen in ihren Dauerauftrag deinen Namen und die IBAN deines Kontos schreiben. Dann kommt dein Taschengeld sicher bei dir an.

Ein Beispiel für eine IBAN: DE02100500000054540402

Am besten, du eröffnest zusätzlich zu deinem Girokonto auch gleich noch ein **Tagesgeldkonto**. Während ein Girokonto im Alltag dazu dient, Zahlungen zu empfangen und zu senden oder auszuzahlen, ist ein Tagesgeldkonto zum Sparen gedacht. Auf einem Tagesgeldkonto bekommst du meistens auch noch etwas höhere Zinsen als auf dem Girokonto. Je mehr du dort sparst, desto mehr profitierst du also von den Zinsen. Außerdem behältst du leichter den Überblick, wenn du zwei Konten hast: eines für die alltäglichen Einnahmen und Ausgaben und eines, auf dem du für deinen großen Wunsch sparst.

Und weil dein Sparziel so wichtig ist, richtest du am besten einen Dauerauftrag von deinem Girokonto auf dein Tagesgeldkonto ein, mit dem du jeden Monat die Sparrate überweist, die du dir vorgenommen hast. Wenn es dir schwerfällt, zu sparen, überlistest du dich so selbst und musst nicht jeden Monat neu überlegen, ob du wirklich die ganze Rate sparen willst. Das passiert dann ganz einfach automatisch. Obacht! Damit das funktioniert, musst du sicherstellen, dass jeden Monat genug Geld auf dein Girokonto fließt – Taschengeld, Geldgeschenke und Lohn oder Honorar, falls du dir mit Arbeit etwas dazu verdienst. Was auf dem Girokonto übrig bleibt, kannst du dann für das ausgeben, was du gerade brauchst oder möchtest.

TEIL 3

Sparen allein reicht nicht? – Nimm mehr Geld ein!

Taschengeld

Du bekommst Taschengeld? Sicher ist es nicht genau so viel, wie dein jüngerer Bruder oder deine beste Freundin bekommen. Eltern haben ganz unterschiedliche Vorstellungen davon, ob und wie viel Taschengeld ihre Kinder bekommen sollten und unter welchen Bedingungen.

Frag doch mal deine Freundinnen, ob sie Taschengeld bekommen, wie viel Geld, ob sie dafür etwas tun und was sie von dem Geld selbst bezahlen müssen. Vielleicht bekommen sie mehr Geld als du, müssen dafür aber auch häufiger ihr Zimmer aufräumen, einen bestimmten Notendurchschnitt erreichen, die Hasen füttern oder Wäsche abhängen. Oder sie bekommen weniger als du, aber ihre Eltern gehen regelmäßig mit ihnen Klamotten und Bücher einkaufen.

Wenn du erfahren hast, wie viel Taschengeld deine Freundinnen bekommen und was sie dafür tun müssen, wirst du vermutlich schnell merken, dass es keine richtige und keine falsche Antwort auf die Frage gibt, wie viel Taschengeld du bekommen solltest und welche Bedingungen daran geknüpft sind. Das ist ganz einfach Ansichtssache.

Wenn du findest, du solltest mehr Taschengeld bekommen, sprich mit deinen Eltern darüber. Wie bei einer »richtigen« Gehaltsverhandlung kommt es darauf an, wie du dieses Gespräch führst. Hier ein paar Tipps, die sich bewährt haben:

1. Wenn deine Mutter gerade den Garten umgräbt und dein Vater den Wocheneinkauf in den Kühlschrank räumt, ist vermutlich kein guter Zeitpunkt, um ihre Aufmerksamkeit für deinen Wunsch zu bekommen. Du wartest am besten, bis ihr alle zusammen am Tisch sitzt und niemand in Eile ist.

2. Dass deine Freundin zwölf Euro mehr bekommt als du, ist kein ausreichendes Argument. Du hast selbst gemerkt, dass alle Eltern über die Höhe und Bedingungen des Taschengelds ihre eigenen Ansichten haben. Konzentriere dich mit deinen Argumenten nicht auf andere, sondern auf deine Eltern und dich selbst.

3. Welche Aufgaben erledigst du in eurem Haushalt schon und welche kannst du noch übernehmen? Erinnere deine Eltern daran, was du gut machst und biete an, noch weitere Aufgaben zu übernehmen. Wer mehr gibt, bekommt vielleicht auch mehr.

Findest du in der folgenden Liste ein paar Aufgaben, die du gerne übernehmen möchtest?

Abwaschen und Abtrocknen
Post wegbringen
Salat schnippeln
Geschirrspüler ein- und ausräumen
Hund bürsten und baden
Kleidung bürsten und entfusseln
Pflanzen gießen
Wäsche zusammenlegen
Fenster putzen
deine kleinen Geschwister babysitten
Treppe kehren
Tisch (ab-)decken
Abstauben
Laub rechen
Brot backen
Werkzeug sortieren
Einkaufen
Schnee schippen
Rasen mähen
Müll rausbringen
Hamsterkäfig reinigen
Sonntagsbrötchen holen
Staub saugen
Wellensittiche füttern

4. Zeig deinen Eltern, dass du gut mit dem Geld, das sie dir geben, umgehen kannst. Viele Eltern haben ein besseres Gefühl bei einer Taschengelderhöhung, wenn sie wissen, dass ihre Kinder nicht das ganze Geld sofort ausgeben, sondern auch einen Teil davon sparen. Dass du die 50-30-20-Regel kennst und befolgst, beeindruckt deine Eltern bestimmt!

5. Du könntest anbieten, mehr Dinge für dich selbst zu bezahlen und dafür um mehr Geld bitten. Vielleicht

sind deine Eltern froh, nicht über jedes Geburtstagsgeschenk für eine deiner vielen Freundinnen mit dir verhandeln zu müssen. Und du hättest die Chance, noch besser zu lernen, wie du mit deinem Geld sorgsam umgehst.

WAS, WENN ...

... deine Eltern trotzdem »Nein« sagen?

1. Frag sie nach ihren Gründen! Deine Mutter sagt, sie habe als Kind überhaupt kein Taschengeld bekommen und empfinde deshalb dein Taschengeld schon jetzt als besonders großzügig? Dein Vater sagt, wenn du mehr Taschengeld erhieltest, würden sicher auch deine Geschwister mehr wollen und das könne sich die Familie gerade nicht leisten?

2. Akzeptiere die Antwort deiner Eltern, ohne zu jammern, zu nerven oder sauer zu werden. Wenn du heute diese Entscheidung gelassen annimmst, kannst du mit gutem Gewissen in einem halben Jahr noch mal um eine Erhöhung bitten. So lange hast du Zeit, noch bessere Argumente zu finden. Bis es so weit ist, siehst du dich nach anderen Geldquellen um. Zum Beispiel könntest du einen Job annehmen.

Dein eigenes Geld verdienen

Du kennst dein Sparziel, aber dein Taschengeld genügt nicht, um es zu erreichen oder du kannst nicht weniger Geld ausgeben? Dann musst du deine Einnahmen erhöhen! Geld wächst bekanntlich nicht auf Bäumen und regnet auch nur im Märchen vom Himmel. Die meisten Menschen verdienen ihr Geld durch Arbeit. Auch du kannst dir etwas Geld dazuverdienen, indem du arbeitest.

Ganz unkompliziert ein paar Euro hinzuverdienen kannst du dir, indem du Nachbarinnen, Freundinnen und deiner Familie behilflich bist und diese dir dafür ein paar Euro als Dankeschön geben. Wenn du allerdings regelmäßige Termine und einen festen Stundenlohn für deine Arbeit vereinbarst, dann müssen deine Arbeitgeber dich anstellen.

Angenommen, du möchtest babysitten. Ab und an passt du also auf das Kind von deiner Nachbarin Julika auf, wenn diese wieder mal länger arbeiten muss. Julika steckt dir dafür als Dankeschön ein Scheinchen zu. Das ist vollkommen okay. Wenn du aber mit ihr vereinbarst, dass du beispielsweise jeden Mittwoch- und Samstagnachmittag babysittest und dafür jede Woche fünfzig

Euro von ihr erhältst, muss Julika dich ganz offiziell als Arbeitskraft anmelden. Sie kann dann zum Beispiel einen 450-Euro-Job für dich schaffen.

Unser Staat verbietet nämlich Schwarzarbeit. Schwarzarbeit bedeutet, dass Menschen andere Menschen für sich arbeiten lassen, ohne dass der Staat davon weiß. Das ist problematisch, weil der Staat dann zum Beispiel nicht mehr aufpassen kann, dass die Lohn- und Arbeitsbedingungen für die Angestellten akzeptabel sind. Darüber hinaus möchte der Staat verhindern, dass Menschen auf diese Weise viel Geld verdienen, aber keine Steuern zahlen.

Ganz generell gilt: Sobald du mit dem Ziel arbeitest, regelmäßig Geld zu verdienen, musst du es offiziell machen. Welche Formen es dafür gibt, liest du auf den folgenden Seiten.

Aber welche Arbeiten gibt es für Jugendliche? Du kannst entweder angestellt arbeiten oder ein Unternehmen gründen. Beginnen wir mit der Arbeit als Angestellte. Wie du als Unternehmerin Geld verdienen kannst, lernst du im nächsten Kapitel.

Als Angestellte bist du deiner Arbeitgeberin untergeordnet. Sie sagt dir, was, wann und wo du zu tun hast. Dafür erhältst du jeden Monat als Bezahlung ein festes Gehalt. Deine Aufgaben, Arbeitszeiten, dein Arbeitsort und dein Gehalt werden in einem Arbeitsvertrag festgehalten. Darin steht auch, wie viel Urlaub dir zusteht. Während deines Urlaubs erhältst du weiterhin dein Gehalt. Alles, was du in deiner Rolle als Angestellte anfertigst, gehört deiner Arbeitgeberin. Wenn du krank wirst und deshalb vorübergehend nicht arbeiten kannst, bekommst du dein Gehalt trotzdem.

Das meiste, was in deinem Arbeitsvertrag steht, kannst du übrigens verhandeln, auch im Nachhinein noch. Du solltest es sogar! Ein guter Zeitpunkt für die Verhandlung ist einerseits das Vorstellungsgespräch, also das Treffen, in dem deine Chefin und du entscheiden, ob ihr zusammen arbeiten wollt. Oder du bittest deinen Arbeitgeber nach sechs bis zwölf Monaten um eine erste Gehaltsverhandlung. Wie du dich dabei am besten schlägst, hast du ja schon im Taschengeld-Kapitel gelernt. Statt nach mehr Geld kannst du aber auch nach mehr Urlaub, einem späteren Arbeitsbeginn oder einem Nahverkehrsticket für den Weg zur Arbeit fragen. Um so eine Verhandlung solltest du deine Chefin ein Mal pro Jahr bitten. Das ist auch eine gute Gelegenheit, um von ihr zu erfahren, ob sie zufrieden mit deiner Arbeit ist und was du noch verbessern kannst.

Solange du noch zur Schule gehst, gilt es ein paar Dinge zu beachten, wenn du dir eine Anstellung suchst. Unter dreizehn darfst du prinzipiell noch gar nicht arbeiten – bis auf wenige Ausnahmen. Wenn du in Theater- und Musikveranstaltungen, Film-, Fernseh- und Hörfunkproduktionen mitwirkst, kann dein Arbeitgeber dafür eine Genehmigung bei der Aufsichtsbehörde erbitten. Freie Bahn für deine glamouröse Bühnenkarriere! Übrigens sind Hilfsarbeiten innerhalb des Haushalts oder deiner eigenen Familie immer erlaubt. Du hast also keine Ausrede, um dich davor zu drücken. Natürlich kannst du aber immer darum bitten, den einen oder anderen Euro für diese Aufgaben zu bekommen. Wie du diese »Gehaltsverhandlung« angehst, weißt du aus dem Kapitel *Taschengeld.*

Ab dreizehn Jahren darfst du hochoffiziell eine ganze Reihe an Jobs annehmen. Dafür brauchst du aber die Erlaubnis deiner Eltern. Außerdem muss die Arbeit ein paar Voraussetzungen erfüllen: Sie soll leicht und für Jugendliche geeignet sein. Du darfst maximal zwei Stunden pro Tag arbeiten und nur in der Zeit zwischen acht Uhr und achtzehn Uhr – aber nicht vor oder während deiner Schulstunden, denn Schule ist wichtiger als Arbeit. Eine solide Allgemeinbildung und Lerntechniken werden es dir erleichtern, wenn du erwachsen bist, noch sehr viel mehr Geld zu verdienen, als du es jetzt kannst. Aus diesem Grund darf dich die Arbeit nicht so anstrengen, dass du deswegen im Unterricht nicht mehr aufpassen kannst oder einschläfst.

Für Musik- und Theateraufführungen, in der Werbung, dem Fernsehen oder Radio, bei Film- und Fotoaufnahmen gelten wiederum Ausnahmen. Wenn du in diesem Bereich einen Job ergatterst, darfst du auch länger und zu anderen Uhrzeiten arbeiten. Entscheidend ist, dass deine Arbeitgeberin dafür eine Genehmigung besorgt.

Die Kinderarbeitsschutzverordnung listet auf, welche Aufgaben für dich ab deinem dreizehnten Lebensjahr erlaubt sind:

Hilfe beim Einkaufen (ausgenommen Alkohol und Tabakwaren)

Botergänge

Nachhilfe

Austragen von Zeitungen, Zeitschriften, Anzeigeblättern und Werbeprospekten

Betreuung von Haustieren

Hilfsarbeiten im Sport

Hilfe bei dem Verkauf eigener landwirtschaftlicher Produkte

Babysitting

Tätigkeiten im Haus und Garten

Hilfe bei der Bestellung der Felder und der Ernte

Versorgung von Tieren in der Landwirtschaft

Tätigkeiten bei nichtgewerblichen Aktionen und Veranstaltungen von Kirchen, Religionsgemeinschaften, Verbänden, Vereinen und Parteien

Ab deinem fünfzehnten Geburtstag darfst du sogar in den Ferien ganze vier Wochen lang bis zu vierzig Stunden pro Woche und bis zu acht Stunden pro Tag arbeiten. Außerdem stehen dir dann mehr Tätigkeitsfelder offen, zum Beispiel diese:

Werbemaßnahmen

Verkaufen

Kellnern

Lieferdienst

Fabrikarbeit

Supermarktregale auffüllen

Büro-Aushilfe

Sicher, du willst Geld verdienen, um deinen Traum zu verwirklichen, aber die Bezahlung ist trotzdem nicht unbedingt das wichtigste Kriterium, wenn du dir einen Job aussuchst. Du solltest immer nach etwas suchen, was dich interessiert, dir Spaß macht und wo du noch etwas Neues lernen kannst. Schließlich möchtest du einige Monate in diesem Job arbeiten und das wird dir sehr schwerfallen, wenn du deine Aufgaben dort nicht magst. Wenn du dir unsicher bist, welche Tätigkeiten dir entsprechen, wirf einen Blick in das Kapitel *Welche Arbeit passt zu dir?*

Und wo findest du überhaupt Jobs als Angestellte? Stellenangebote stehen zum Beispiel in der Zeitung, hängen in Supermärkten, Schulen, Unis und Vereinen aus, stehen online in Jobbörsen oder auf den Websites von Unternehmen. Geschäfte und Gaststätten hängen oft sogar in ihren Räumen Zettel auf, auf denen sie freie Stellen anbieten. Vielleicht kellnerst du ja bald in deinem Lieblingscafé und bekommst neben deinem Gehalt auch Matcha Latte satt aufs Haus!?

Du fragst dich jetzt natürlich, wie viel du damit verdienen kannst. Prinzipiell sind dir keine Grenzen gesetzt. Es ist allerdings üblich, dass Arbeitgeber Jobs für Schülerinnen als **Minijob** (oder **geringfügige Beschäftigung**) anbieten. In einem Minijob verdienst du maximal 450 Euro pro Monat und darfst dafür höchstens dreiundvierzig Stunden pro Monat arbeiten. Dir bleibt also genug Zeit für Schule, Hobbies sowie deine Freundinnen und du kommst trotzdem deinem Sparziel in großen Schritten näher.

WAS, WENN …

… deine Familie von **Grundsicherung** (auch **Arbeitslosengeld II** oder **Hartz IV** genannt) lebt? Dann darfst du maximal hundert Euro pro Monat verdienen (das gilt auch für den Gewinn aus deinem eigenen Unternehmen). Alles, was darüber hinaus geht, muss deine Familie zu achtzig Prozent an das Jobcenter zurückzahlen. Wenn du beispielsweise 101 Euro verdienst, darfst du davon nur 100,20 Euro behalten; bei 110 Euro nur 102 Euro. Es lohnt sich also für dich nicht so sehr, wenn du mehr als 100 Euro pro Monat verdienst.

Das ist eine große Ungerechtigkeit und viele Menschen kämpfen dagegen. Du kannst dir mit deiner verbleibenden Energie und Zeit trotzdem etwas Wertvolles erarbeiten: Bildung. Es gibt viele nützliche Dinge, die du dir selbst beibringen kannst und mit denen du entweder eine Menge Geld sparen oder später einmal eine Menge Geld verdienen kannst. Lerne, wie du Dinge reparieren oder selbst machen kannst, damit du sie nicht (neu) kaufen musst. Bring dir Programmieren oder eine Fremdsprache bei. Beides kann dir später helfen, einen gut bezahlten Job zu finden. Werde ein Ass in dem, was dich am meisten begeistert, ganz egal, ob das Schachspielen, Malen oder Badminton ist.

Du willst richtig reich werden? Die schlechte Nachricht zuerst: Mit einer Anstellung allein wird dir das kaum gelingen. Es gibt nur wenige Berufe, in denen Angestellte sehr gut bezahlt werden. Dazu gehören Ärztinnen, IT-Expertinnen und Unternehmensberaterinnen. Aber auch diese verdienen nur einen Bruchteil von dem, was Unternehmerinnen und Investorinnen verdienen können. Die gute Nachricht: Du kannst als Angestellte viele Dinge lernen, die dir als Unternehmerin nützlich sein werden, zum Beispiel Verkaufen, Service, Organisation und den Kontakt mit Kundinnen. Man könnte also sagen, wenn du deinen Job als Angestellte weise wählst, wirst du darin fürs Lernen bezahlt!

Um aus eigener Kraft steinreich zu werden, hast du zwei Möglichkeiten: Entweder du gründest ein eigenes Unternehmen. Wie das funktioniert, lernst du in den folgenden Kapiteln. Oder du kaufst dich in die Unternehmen anderer Leute ein, indem du Aktien dieser Unternehmen erwirbst. Was das ist und wie du es anstellst, liest du in den Kapiteln Vermögensaufbau sowie Börse und Aktien.

Dein eigenes Business

Ein Weg, um richtig reich zu werden, ist, ein Unternehmen zu gründen. Warum? Als Angestellte arbeitest du immer für eine andere Person – deine Chefin oder deinen Chef. Du erhältst für deine Arbeit in der Regel einen Stundenlohn. In einigen Berufen, zum Beispiel in der IT, kann der Stundenlohn ziemlich hoch sein, etwa hundert Euro. Eine Menge Geld, richtig? Aber als Unternehmerin kannst du noch viel mehr verdienen – vorausgesetzt, deine Geschäftsidee funktioniert, das heißt, viele Menschen wollen oder brauchen, was du anbietest. Dein Einkommen als Unternehmerin ist also weniger davon abhängig, wie viele Stunden du arbeitest, sondern davon, wie viele Kundinnen du hast oder wie viel diese bereit sind, für das, was du anbietest, zu bezahlen. Und wenn dann mehr Arbeit entsteht als du allein bewältigen kannst, stellst du dafür einfach Menschen ein. Du hast dann Angestellte, die für dich arbeiten. Sie erhalten einen Lohn von dir, aber alles, was am Ende übrig bleibt, gehört dir, weil es dein Unternehmen ist.

Bestimmt hast du das Wort »Start-up« schon mal gehört. Das ist Englisch und bezeichnet ein neu gegründetes Unternehmen. Immer mehr Jugendliche wollen ein Start-up gründen –

vielleicht auch bald du? Die Initiative STARTUP TEENS (www.startupteens.de) unterstützt dich dabei kostenlos mit Video-Tutorials, in denen du alles rund ums Gründen lernst. Außerdem kannst du bei STARTUP TEENS erfolgreiche Unternehmerinnen kennenlernen und mit ihnen über deine Business-Ideen sprechen. Wenn deine Idee dann reif ist, kannst du in einem Camp von STARTUP TEENS deinen Prototypen bauen.

Es gibt viele verschiedene Arten, wie Frauen, die ihre eigene Chefin sind, ein Vermögen verdient haben: Rihanna ist als Sängerin, aber auch mit ihrer eigenen Kosmetik-Firma »Fenty Beauty« sehr reich geworden. Whitney Wolfe Herd gehört die Dating-App »Bumble« und hat ihr – wie ein fleißiges Bienchen – eine Menge Reichtum eingebracht. Oder kennst du Zhou Qunfei? Ihr gehört das Unternehmen »Lens Technology«, das Glasabdeckungen und Sensormodule für Touchscreens produziert. Und Touchscreens gibt es längst nicht mehr nur in Smartphones! Tesla, Apple, Samsung, Huawei, Microsoft, Nokia und LG kaufen bei »Lens Technology« ein. Das hat Zhou Qunfei ein großes Vermögen beschert.

Im Umkehrschluss bedeutet eine Unternehmensgründung jedoch nicht automatisch, dass du reich wirst. Dazu gehört noch einiges mehr – was, erfährst du hier.

Sobald du dein Geld dadurch verdienst, dass du für dich und nicht für andere arbeitest, bist du Unternehmerin. Je nachdem, welche Art von Unternehmen du gründest, wird noch unterschieden, ob du Selbstständige, Freiberuflerin oder Gewerbetreibende bist. Die genauere Definition ist aber erst für rechtliche Fragen entscheidend, also beispielsweise, wenn du dich beim Finanzamt anmeldest.

Als Unternehmerin bist du deine eigene Herrin. Nur du bestimmst, was, wann und wo du arbeiten möchtest. Du kannst entweder ein **Produkt** oder eine **Dienstleistung** anbieten. Produkte sind Gegenstände, zum Beispiel Postkarten, Armbänder oder Seifen. Dienstleistungen sind Handlungen wie beispielsweise Babysitting, Aufräumen oder Unkrautjäten.

Ob du ein Unternehmen gründen kannst, hängt von deiner **Geschäftsfähigkeit** und der Erlaubnis deiner Eltern ab. Laut Gesetz sind Kinder in Deutschland bereits ab sieben Jahren **beschränkt geschäftsfähig**. (Deshalb darfst du dir beispielsweise auch ohne die Erlaubnis deiner Eltern Süßigkeiten von deinem Taschengeld kaufen.) Weil Kinder und Jugendliche aber nur bedingt, also nur teilweise geschäftsfähig, sind, müssen ihre Eltern zustimmen und ein Familiengericht muss entscheiden, ob das Kind oder die Jugendliche schon die nötige Reife besitzt, ein eigenes Unternehmen zu gründen. Außerdem überprüft das Gericht, ob es wirklich dein eigener Wunsch ist, ein Unternehmen zu gründen, und nicht etwa der deiner Eltern. Üblicherweise stimmt das Gericht einer Unternehmensgründung von Jugendlichen erst ab einem Alter von vierzehn Jahren zu. Bis dahin lohnt es sich also, als Angestellte ein paar Dinge über Arbeit und Geschäfte zu lernen.

Und wie kommst du zu einer eigenen Geschäftsidee? Wie findest du heraus, welches Produkt oder welche Dienstleistung du anbieten möchtest? Um ein Angebot zu entwickeln, musst du herausfinden, wofür es eine Nachfrage gibt: Was wollen oder brauchen die Menschen? – Halte deine Augen und Ohren offen, beobachte, frage nach, höre zu!

Deine Nachbarn verreisen häufig? Womöglich brauchen sie jemanden, der ihre Pflanzen gießt und Fische füttert, während sie unterwegs sind. Die beste Freundin deiner Mutter kann abends nie ausgehen, weil sie alleinerziehend ist? Eventuell würde sie gern eine Babysitterin anstellen. Der ältere Herr von gegenüber schnauft bedenklich, wenn er seine vollen Einkaufstüten nach Hause schleppt? Möglicherweise könntest du für ihn einkaufen gehen. In einem Monat ist eine große Schulparty geplant? Vielleicht haben deine Mitschülerinnen und -schüler Interesse an einzigartigem Haarschmuck.

Sobald du einige Ideen gesammelt hast, wirf ein Auge auf deine Konkurrenz. Einige der Kinder aus deinem Viertel arbeiten bereits dort als Babysitter? Dann bietest du vielleicht lieber etwas anderes an. Der Junge, der deinem Nachbarn immer bei der Apfelernte geholfen hat, zieht zum Studieren in

eine andere Stadt? Das könnte deine Chance sein, diesen Job zu übernehmen! In den Hofpausen verkaufen ein paar Mädchen selbst gebastelte Armbänder für die Schulparty? Dann ist Haarschmuck zu ähnlich. Frag lieber die Lehrerinnen und Lehrer, ob du auf der Party mit der alten Sofortbildkamera deiner Mama Fotos der Gäste machen und ihnen diese verkaufen darfst.

Außerdem spielt auch der richtige Zeitpunkt eine Rolle: Im Winter braucht niemand Hilfe bei der Kirschenernte und im Sommer müssen keine Autos von Schnee und Eis befreit werden.

Nicht zu vergessen: Was kannst, liebst und hast du, um die Nachfrage, die du erkannt hast, zu bedienen? Das Allerwichtigste ist, dass das Produkt oder die Dienstleistung, die du anbieten möchtest, zu dir passt. Sie soll deinen Interessen, Talenten und Vorlieben entsprechen. Wenn du dir unsicher bist, was das sein könnte, hilft dir das nächste Kapitel bei der Suche.

Bevor du also ein Unternehmen gründest, musst du dir genau überlegen:

1. Was wird gebraucht oder gewünscht?

2. Hast du auch nicht zu viel Konkurrenz?

3. Wann ist der richtige Zeitpunkt?

4. Worauf hast du wirklich Lust?

Welche Arbeit passt zu dir?

Ein Nachmittag ohne deine Freundinnen ist langweilig? Du findest kleine Kinder süß und könntest stundenlang mit ihnen spielen? Du bist eine echte Party-Löwin? Am liebsten magst du in der Schule Gruppenarbeit? Klar wie Kloßbrühe: Du bist ein geselliger Mensch. Für dich sind Arbeiten ideal, bei denen du dich mit anderen Menschen beschäftigen kannst. Möglicherweise möchtest du gern auf jüngere Kinder aufpassen, den alten Menschen in deiner Nachbarschaft beim Einkaufen helfen, auf dem Flohmarkt deine aussortierte Kleidung und Spielzeug verkaufen und ganz nebenbei ein nettes Schwätzchen mit deinen Kundinnen halten.

Ein Bastelnachmittag im Museum ist genau dein Ding? Werkunterricht ist dein Lieblingsfach in der Schule? Du freust dich schon im Sommer auf das Plätzchenbacken in der Adventszeit? Ganz gewiss bist du ein Mädchen, das gern mit seinen Händen arbeitet. Denke darüber nach, ob du nicht ein paar Kuchen für den Wochenmarkt backen, an Weihnachten einen Geschenk-Einpack-Service anbieten oder Lieblingsspielzeug reparieren möchtest.

Du kannst deine Füße keine fünf Minuten stillhalten? Du träumst von einem Skiurlaub, von Ferien auf dem Reiterhof oder einer Reise mit dem Fahrrad? Sport ist dein Lieblingsfach? Du bist ein echter Wirbelwind! Nutze deine körperliche Energie für Jobs wie Zeitungen-Austragen, als Fahrradkurierin oder beim Aufräumen von Nachbars Garage. Du wirst sehen: Das macht dir Spaß und fällt dir leicht.

Im Ferienlager denkst du dir Rätsel für die ganze Gruppe aus? Das Wochenende verbringst du am liebsten lesend in der Hängematte? Du kannst deinen Computer selbst programmieren? Kein Wunder: Du bist ein helles Köpfchen! Die größte Motivation und Freude findest du in Arbeiten, für die du dein Gehirn anstrengen musst. Hast du möglicherweise Lust, Nachhilfe anzubieten? Oder du programmierst eine Website für das kleine Kino am Ende der Straße. Vielleicht vertiefst du dich auch in die Geschichte deiner Stadt und bietest Stadtführungen an.

Du spielst ein Instrument oder kannst besonders gut singen? Deine Lieblingsfächer sind Kunst und Musik? Dein Kinderzimmer sieht aus wie ein Atelier? Deine Welt ist die Bühne? Ohne Frage: Du bist sehr kreativ. Teile deine Ideen und Gefühle mit anderen, indem du Straßenmusik machst, Pantomime in der Fußgängerzone aufführst, Tierporträts malst oder Familienfotos aufnimmst. So kannst du mit Freude Geld verdienen.

Hier eine lange Liste mit Ideen für dein Unternehmen:

- Geschenk-Einpack-Service
- Schnee schippen
- Schmuck basteln
- Früchte ernten oder auflesen
- Porträtfotos aufnehmen und Bilderrahmen dafür gestalten
- Nachhilfe geben
- Fahrräder putzen
- Kuchen auf dem Tag der offenen Tür verkaufen
- Laub rechen
- Schals stricken
- Zeitungen austragen
- Webseiten programmieren und gestalten
- Straßenmusik machen
- Porträts malen
- mit kleinen Nachbarskindern singen
- Computer-Unterricht für Seniorinnen
- Stadtführungen geben
- Angelköder binden
- Spieleabende organisieren
- Online Stockfotos verkaufen
- (Film-)Musik komponieren
- Schuhe putzen
- Rasen mähen
- Hundekuchen backen
- Im Opernchor singen
- Botengänge erledigen

- Hunde ausführen
- Babysitting
- Zaubertricks auf Kindergeburtstagen zeigen
- Aussortierte Kleidung und Spielzeug auf dem Flohmarkt verkaufen
- Weihnachtskarten basteln
- bunte Zöpfe flechten
- Mützen häkeln
- aus Stoffresten Kuscheltiere machen
- Stirnbänder nähen
- Garagen und Dachböden aufräumen
- Unkraut jäten
- Straßentheater spielen
- Gärten anlegen
- auf Kindergeburtstagen ein Programm aus Liedern, Sketches und Spielen aufführen
- kleinen Nachbarskindern vorlesen
- Spielzeug für Hunde und Katzen basteln
- Halloween Makeup
- Fotos sortieren

Mache eine Liste mit geeigneten Vorschlägen und besprich sie mit deinen Eltern. Du brauchst ihre Erlaubnis, um überhaupt arbeiten zu dürfen, solange du unter 18 bist. Sind sie grundsätzlich einverstanden, kannst du dir die vielversprechendste Idee für dein Unternehmen aussuchen und sie weiterentwickeln. Welche Fragen du dafür beantworten musst, erfährst du im nächsten Kapitel.

Deine Geschäftsidee entwickeln

Nach reiflicher Überlegung hast du eine deiner Ideen zum Favoriten gekürt. Großartig! Aber wird sie auch funktionieren? Stell deine Idee zum Geldverdienen auf die Probe, indem du dir folgende Fragen beantwortest:

1. Kannst du alles, was du für deine Idee brauchst? Nur, wenn du gut in deiner Sache bist, kannst du sie verkaufen. Du musst keine Konfiserie-Meisterschaften gewonnen haben, um leckere Pralinen herzustellen, aber du solltest selbst mit dem Ergebnis deiner Arbeit vollkommen zufrieden sein. Wenn du selbst überzeugt von deiner Arbeit bist, spüren das auch deine Kundinnen. Und wenn nicht: Wie kannst du die fehlenden Fähigkeiten erlernen?

2. Hast du alle Zutaten und alle Werkzeuge, die du zur Arbeit brauchst? Wenn nicht: Wo bekommst du sie her? Kannst du manche Werkzeuge vielleicht ausleihen, statt sie zu kaufen? Musst du sie tatsächlich kaufen, suche nach gebrauchten! Die sind oft viel günstiger. Du solltest die Summe, die du zunächst in dein Unternehmen investieren musst, so gering wie möglich halten, damit deine Verluste nicht so groß sind, falls deine Geschäftsidee doch nicht aufgeht.

3. Denk daran: Du brauchst die Erlaubnis deiner Eltern. Musst du noch jemanden um Erlaubnis fragen? Es mag eine tolle Idee sein, in der Hofpause selbst gebackene Müsliriegel zu verkaufen, aber hast du die Schulleitung gefragt, ob du das darfst? Außerdem gibt es für einige Produkte strenge staatliche Richtlinien: Lebensmittel und Kosmetik gehören zum Beispiel dazu. Wenn du regelmäßig solche Produkte verkaufen möchtest, musst du von der jeweils zuständigen Behörde eine Genehmigung bekommen.

4. Vergiss nicht: Du musst nach der Schule auch noch Hausaufgaben erledigen, möchtest vielleicht Bratsche üben und weiter Judo trainieren. Hand aufs Herz: Wie viel Zeit kannst du dem Geldverdienen widmen?

5. Ist dein Vorhaben sicher? Du solltest niemals dich selbst oder andere in Gefahr bringen.

6. Wer sind deine zukünftigen Kundinnen und wie werden sie von deinem Produkt oder deiner Dienstleistung erfahren? Du kannst mit Flyern, Plakaten, T-Shirts, Post- oder Visitenkarten, einem Aufsteller vor deinem Haus, Anzeigen in der Zeitung oder einer eigenen Website Werbung machen. Entscheidend ist, dass deine Kunden deine Werbung auch sehen. Du möchtest älteren Nachbarn den Einkauf nach Hause tragen? Dann mach einen Aushang im Supermarkt und wirf zusätzlich Flyer in alle Briefkästen der Umgebung – es sei denn, dort steht »Werbung verboten«. Du willst

Nachhilfe geben? Erzähle deinen Lehrerinnen davon und pinne ein Plakat in der Schule an. Überall dort, wo sich deine zukünftigen Kundinnen aufhalten, ist deine Werbung richtig. Bedenke aber, dass du eventuell um Erlaubnis fragen musst, bevor du deine Plakate aufhängen und deine Flyer auslegen darfst.

7. Was soll dein Produkt oder deine Dienstleistung kosten? Wirf einen Blick in das nächste Kapitel. Dort geht es ausführlich darum, wie du den Preis für dein Angebot festlegst.

8. Gibt es noch etwas zu bedenken? Kannst du dein Produkt oder deine Dienstleistung in der Nähe anbieten oder musst du dafür an einen anderen Ort fahren? Erreichst du diesen Ort mit den öffentlichen Verkehrsmitteln oder muss dich jemand dorthin fahren? Wer kann dein Plakat für dich gestalten? Schreibe alles auf, was dir sonst noch wichtig erscheint, um deine Idee Wirklichkeit werden zu lassen.

Gratulation! Jetzt hast du die wichtigsten Fragen beantwortet. Bist du dir immer noch sicher, dass du deine Geschäftsidee weiterverfolgen möchtest? Dann stelle sie deinen Eltern vor. Vielleicht haben sie noch gute Ideen, wie du dein Konzept verbessern kannst oder wer als Kunde infrage kommt. Und natürlich musst du sie fragen, ob sie immer noch einverstanden sind. Falls ja, könnt ihr zusammen einen Termin beim Familiengericht vereinbaren, um dort eine offizielle Erlaubnis für deine Unternehmensgründung zu erhalten. Hat das Familiengericht dir die Erlaubnis erteilt, kannst du ganz offiziell ein Unternehmen gründen. Je nachdem, was das für ein Unternehmen ist, musst du dafür eine Eintragung im Handelsregister vornehmen lassen, einen Gewerbeschein beantragen und eine Meldung beim Finanzamt machen. Da du voraussichtlich am Anfang vergleichsweise geringe Gewinne machen wirst, kannst du dich als Kleinunternehmerin beim Finanzamt anmelden. Das vereinfacht den Papierkram, der mit einem eigenen Unternehmen verbunden ist, enorm! Nimm dir die Zeit, genau zu recherchieren, welche rechtlichen Schritte nötig sind, um DEIN Unternehmen zu gründen. Wenn du unsicher bist, besprich mit deinen Eltern, ob ihr euch Rat bei einem Rechtsanwalt holen wollt. Die Dienste eines Rechtsanwalts sind leider oft sehr teuer. Es lohnt sich aber, rechtlich auf der sicheren Seite zu sein, denn die Strafen, die drohen, wenn du etwas versäumst, sind viel höher.

Halt! Stopp! Da fehlt doch noch was, oder? Na klar, dein Unternehmen braucht noch einen Namen. Du kannst natürlich mit deinem eigenen Namen für dein Unternehmen stehen und selbst zur Marke werden, wie zum Beispiel Patti: Patti Friese – Singen mit Kindern. Oder du denkst dir einen neuen Namen aus. Dabei ist es wichtig, keinen zu wählen, den schon jemand anderes vor dir als Marke eingetragen hat. Du musst also zuerst im Internet recherchieren, ob es den Namen, den du dir ausgedacht hast, schon gibt. Wenn du dich für einen Namen entschieden hast, kannst du ihn beim Deutschen Patent- und Markenamt anmelden. Allerdings ist das ziemlich teuer und lohnt sich erst, wenn du wirklich dicke Gewinne mit deinem Unternehmen einfährst. Für den Anfang genügt dein Name und eine klare Bezeichnung deines Angebots.

WAS, WENN …

… du deine Idee nun doch nicht mehr so toll findest? Dann gehe zurück zu den anderen Ideen, die du in die engere Auswahl genommen hattest, und entwickele eine dieser Ideen weiter. Vielleicht stellt sie sich ja als überzeugender heraus. Oft zeigt sich erst, wenn man eine Idee wirklich bis zuletzt im Kopf durchspielt, ob sie tatsächlich Potenzial hat oder nicht. Es ist sogar sehr wahrscheinlich, dass du zunächst einige Ideen verwerfen wirst, bevor sich eine als vielversprechend herausstellt.

… deine Eltern nicht begeistert sind? Frage sie nach ihren Bedenken und nimm diese ernst. Finde Antworten auf ihre Fragen. Überlege, ob ihre Zweifel gerechtfertigt sind und wenn nicht, wie du sie ausräumen könntest.

… du rechtliche Beratung brauchst, dir aber keine Rechtsanwältin leisten kannst? Dann kann dir eventuell die Gründungsinitiative *Deutschland startet* weiterhelfen. Dort erhältst du Expertinnenwissen zum Thema Unternehmensgründung und kostengünstige Rechtsberatung: www.deutschland-startet.de

Keine Angst vorm Scheitern! Die meisten Menschen gründen nie ein eigenes Unternehmen, weil eine kleine Stimme in ihrem Kopf (oder die Menschen um sie herum) ihnen andauernd zuflüstert: »Das schaffst du sowieso nicht! Niemand wird sich für dein Angebot interessieren! Warum sollten die Menschen dein Produkt kaufen? Wenn deine Idee so toll ist, wieso machen das dann nicht schon längst viel mehr Menschen?« Diese Stimme hören wir alle ab und zu. Sie ist wichtig, weil sie dich davor bewahrt, etwas Unüberlegtes zu tun. Wenn du aber gründlich über deine Idee nachgedacht, alles gut geplant und vorbereitet hast, kannst du diese Stimme getrost auch mal überhören. Lass dich nicht davon abbringen, deine Idee auszuprobieren.

Und wenn sie sich dann als Flop herausstellen sollte, ist das schade, aber auch eine super Gelegenheit, etwas zu lernen. Diese Gelegenheit erhalten die meisten Menschen nicht, weil sie so viel Angst vor Fehlern haben, dass sie erst gar nicht anfangen. Und wenn sie dann einen Fehler machen, schämen sie sich, sind wütend oder traurig, erkennen aber nicht, dass sie gerade eine Chance bekommen haben zu lernen, warum es dieses Mal nicht geklappt hat und wie es beim nächsten Mal besser gehen könnte. Also hab keine Angst vor Fehlern und traue dich, deine Unternehmensidee auszuprobieren, wenn du an sie glaubst und alles gut durchdacht hast!

Preise bestimmen

Um einen angemessenen Preis für dein Produkt oder deine Dienstleistung festzulegen, musst du dich an den drei Ks orientieren:

- Kosten
- Kundschaft
- Konkurrenz

Liste zunächst auf, wie viel es dich kostet, dein Produkt oder deine Dienstleistung anzubieten. Denke an alle Kosten, die entstehen, bis dein Produkt oder deine Dienstleistung gekauft werden. Du solltest diese Kosten so gering wie möglich halten, solange du noch nicht ausprobiert hast, ob deine Geschäftsidee wirklich funktioniert. Erst, wenn richtig viele Menschen bei dir einkaufen, kannst du es wagen, mehr Geld in dein Unternehmen zu investieren. Zu deinen Kosten zählen beispielsweise:

- Miete für einen Platz in der Gemeinschaftswerkstatt
- Wasser- und Energiekosten
- Porto
- Bürobedarf
- Versicherungspolicen (zum Beispiel eine Berufshaftpflichtversicherung bei der Herstellung von Kosmetik oder Lebensmitteln oder eine Versicherung für dein Lastenrad, falls du als Kurierin arbeiten möchtest)
- Miete für Veranstaltungsräume
- Fahrtkosten
- Einkauf von Rohstoffen
- Kosten für Werkzeuge
- Kosten für Werbematerial und -anzeigen
- Miete für Lagerraum
- Standmiete

Als Nächstes sieh dir deine Kundschaft genauer an. Welche Nachfrage gibt es für dein Angebot? Also wie viele Menschen brauchen oder wollen voraussichtlich kaufen, was du anbietest? Haben diese Menschen eher mehr oder eher weniger Geld zur Verfügung? Werden in Zukunft eher mehr oder eher weniger Menschen dein Angebot annehmen? Kannst du diese Menschen zum Beispiel durch Werbung oder niedrige Preise dazu bewegen, dein Produkt zu kaufen oder bleiben sie davon vermutlich unberührt?

Zuletzt sieh dir das Angebot deiner Konkurrentinnen an. Hast du viel oder wenig Konkurrenz? Gibt es einen harten Konkurrenzkampf oder existieren viele ähnliche Angebote friedlich nebeneinander? Macht deine Konkurrenz viel Werbung? Ist dein Angebot genau gleich wie das deiner Konkurrenz oder nur so ähnlich oder sogar vollkommen anders? Was kostet das Angebot deiner Konkurrenz? Ist die Qualität deines Angebots besser, gleich oder schlechter als die des Konkurrenz-Angebots? Verkauft sich das Angebot deiner Konkurrenz gut?

Sehen wir uns einmal an, wie Mara an die Sache herangeht. Mara möchte Müsliriegel in der Hofpause anbieten.

Sie listet auf, was sie dafür tun und können muss:

- Rezepte für Müsliriegel recherchieren
- einige Rezepte ausprobieren
- die besten Kostproben an Familie und Freunde verteilen
- nach Feedback von Freunden und Familie Rezept verbessern
- Platz in der Schulküche reservieren, die vom Gesundheitsamt zugelassen ist

Als Nächstes braucht sie die Erlaubnis:

- ihrer Eltern
- von der Schulleitung
- von der Konditoren-Handwerkskammer

Sie schätzt, wie viel Zeit sie für die Herstellung, den Verkauf und die Abrechnung der Müsliriegel brauchen wird:

- Herstellung: vier Stunden jeden Samstag
- Verkauf: täglich dreißig Minuten in der großen Hofpause
- Abrechnung: jeden Freitagnachmittag eine Stunde

Werbung:

- bemalter Bauchladen
- Pulli mit Aufdruck »Hunger? Maras Müsliriegel gibt's hier!«
- Plakate in der Schule
- Posts auf Social Media

Herstellkosten für 48 Riegel:

100 g Mandeln	1,50 €
100 g Haselnüsse	1,60 €
100 g Sonnenblumenkerne	0,80 €
200 g Trockenpflaumen	3,00 €
4 Äpfel	2,00 €
300 g Haferflocken	1,00 €
200 g Rosinen	1,30 €
100 g Honig	1,50 €
300 g Mehl	0,40 €
Strom für 1 Stunde Backen	0,30 €
Gesamt	13,40 €

Herstellungskosten pro Riegel:

13,40 € ÷ 48 (Stück) = 0,28 €

Werbungskosten:

Bauchladen	40 €
Pulli	25 €
Aushang	1,50 €
Social-Media-Posts	kostenlos
Gesamt	66,50 €

Maras Werbungskosten fallen nur einmalig an. Sie teilt die gesamte Summe durch zwölf, um zu wissen, wie viele Werbungskosten sie in ihrem ersten Geschäftsjahr monatlich haben wird. Es sind 5,54 €.

Um herauszufinden, wie viel Werbungskosten sie pro Müsliriegel hat, muss Mara schätzen, wie viele Müsliriegel sie pro Monat verkaufen wird. Sie macht dafür eine Umfrage in allen Klassen und fragt in der Schulcafeteria nach, wie viele Müsliriegel dort pro Monat verkauft werden. Aus den beiden Zahlen bildet sie einen Mittelwert. Sie rechnet damit, etwa zehn Müsliriegel pro Tag zu verkaufen. Da aber nur Montag bis Freitag Schule ist, werden es fünfzig pro Woche und zweihundert pro Monat sein. Mara teilt jetzt die 5,54 € monatliche Werbungskosten durch zweihundert (Müsliriegel) und findet heraus, dass sie etwa drei Cent Werbungskosten pro Müsliriegel hat.

Um einen Müsliriegel herzustellen und zu bewerben, muss Mara also mit 31 Cent rechnen.

Jetzt wirft sie einen Blick auf ihre Konkurrenz:

Preis leckerster Müsliriegel
im Supermarkt: 1,50 €

Preis Müsliriegel in der
Schulcafeteria: 1,70 €

MARAS MÜSLIRIEGEL soll 1,60 € pro Stück kosten.

Gewinn pro Stück:
1,60 € – 0,31 € = 1,29 €

Gewinn pro Monat (pro 200 Stück):
1,29 € x 200 = 258 €

Nicht schlecht! Mit ihren Müsliriegeln könnte Mara sich jeden Monat ein nettes Sümmchen verdienen, wenn es so läuft, wie sie vermutet.

Übrigens: In einem Unternehmen unterscheidet man zwischen **Gewinn** und **Umsatz**. Der Umsatz ist alles Geld, was du mit deinem Unternehmen durch den Verkauf deiner Produkte oder Dienstleistungen einnimmst. Wenn du davon alle Ausgaben, die du für dein Unternehmen hattest, also beispielsweise für Druckerpapier, Zeitungsannoncen, Bücher oder Raummiete, abziehst, dann bleibt dein Gewinn übrig. Maras Müsliriegel zum Beispiel kosten 1,60 Euro pro Stück. Ihr Umsatz nach zweihundert verkauften Müsliriegeln beträgt 320 Euro. Um diese zweihundert Müsliriegel überhaupt herzustellen, zu bewerben und zu verkaufen, muss Mara rund 62 Euro ausgeben. Es bleibt also ein Gewinn von 258 Euro übrig.

Der Papierkram

Sicher, du hast ein super Gedächtnis. Aber für dein Unternehmen solltest du trotzdem auf eine saubere Buchführung vertrauen. Mit einem eigenen Unternehmen ist einiger Papierkram verbunden, den du aber ganz locker im Griff hast, wenn du dich gut organisierst und sorgfältig arbeitest. Mittlerweile ist dieser »Papierkram« natürlich vorwiegend digital. Alles, was tatsächlich noch auf Papier ist, zum Beispiel Kassenbelege und Briefe, solltest du digitalisieren, um Platz zu sparen und als Sicherheitskopie speichern. Die Originale kannst du dann getrost in Kartons auf dem Dachboden aufbewahren. Vermutlich wirst du sie nie wieder brauchen, aber in Deutschland müssen etwa Belege für das Finanzamt zehn Jahre lang aufbewahrt werden.

Ein Teil deiner Arbeit als Unternehmerin ist es, neue Kundinnen zu gewinnen. Das gelingt dir, indem du ihnen ein seriöses und transparentes **Angebot** machst. Mit einem sorgfältig erstellten Angebot vermeidest du Enttäuschungen und Nachverhandlungen.

Wenn du ein Produkt verkaufst, ist das ganz leicht: Dein Produkt hat einen Preis und fertig. Wenn du aber Dienstleistungen anbietest, musst du in deinem Angebot genau beschreiben, was deine Kundin zu welchem Preis wann von dir erwarten kann. Falls du unveränderliche Dienstleistungen oder Pakete von Dienstleistungen anbietest, kannst du diese auf Flyern, Plakaten oder einer

Website beschreiben und mit einem Preis versehen.

Raissa bietet Nachhilfe an. Dafür hat sie auf ihrer Website verschiedene Pakete aufgelistet und genau beschrieben:

Solltest du aber individuell zusammengesetzte Dienstleistungen anbieten, musst du für jede Kundin ein eigenes Angebot schreiben. Recherchiere und überlege genau, welche Angaben ein Angebot in deinem Fall enthalten muss. Der Standard ist:

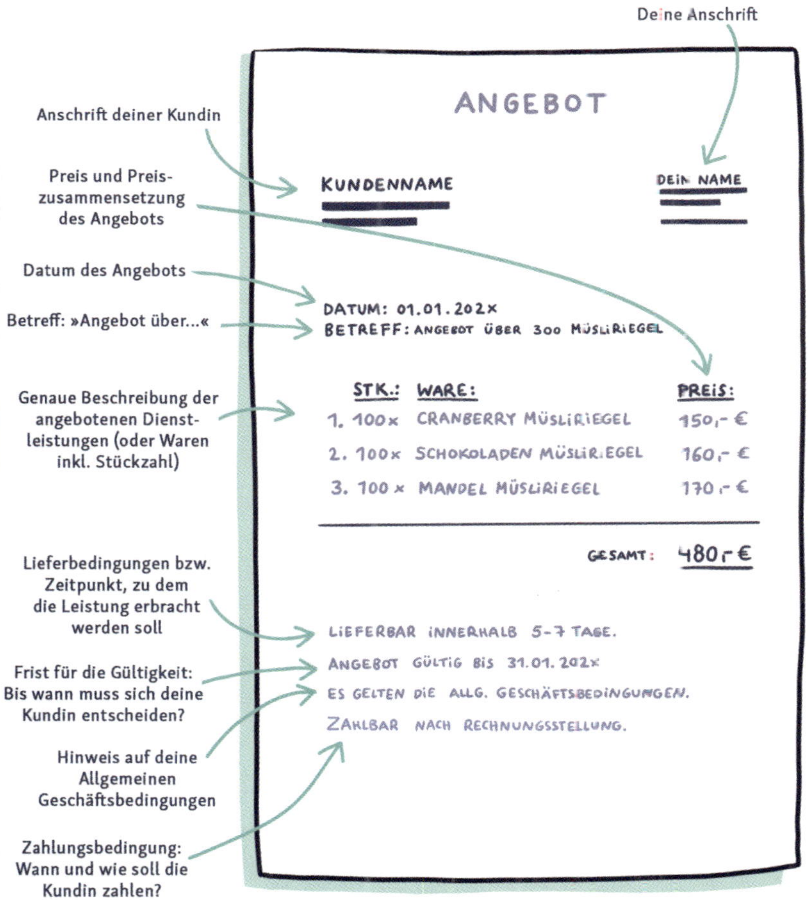

Das Angebot schickst du deiner Kundin per E-Mail, Brief oder übergibst es persönlich.

Wenn deine Kundin sich für dein Angebot entschieden hat, bitte sie, dir schriftlich zu bestätigen, dass sie damit einverstanden ist und dir den Auftrag erteilt. So gebt ihr einander das Versprechen, dass du leistest, was du angeboten hast, und sie dafür bezahlt, was ihr vereinbart habt. Hebe das Angebot und dessen schriftliche Annahme gut auf. Es ist so etwas wie der Arbeitsvertrag zwischen dir und deiner Kundin. Am besten, du überlegst dir ein einheitliches Format, wie du alle Angebote beschriftest, zum Beispiel »Nachname der Kundin_Angebot_Datum des Angebots« und speicherst sie zusammen mit den Bestätigungen (»Nachname der Kundin_Angebotsbestätigung_Datum der Bestätigung«) ab.

Wenn du dich dann an die Arbeit machst, erfasse die von dir geleistete Arbeitszeit. Apps zur **Zeiterfassung** helfen dir dabei. So behalten du und deine Kundinnen den Überblick, wie viele Arbeitsstunden du tatsächlich geleistet hast. Bietest du allerdings Pakete an, in denen du nicht nach Stunden, sondern nach einer genau definierten Leistung bezahlt wirst, etwa jeden Morgen das Auto deines Nachbarn von Schnee und Eis zu befreien, dann ist die Zeiterfassung für deinen Kunden nicht so wichtig. Für dich macht es allerdings auch dann Sinn, einen Blick darauf zu behalten, wie viel Zeit du aufwenden musst, um eine bestimmte Leistung zu erzielen. So kannst du beurteilen, ob das Honorar, das du für deine Arbeit erhältst, dem Zeitaufwand angemessen ist. Wenn nicht, kannst du entweder versuchen, effizienter, also schneller, zu arbeiten, oder beim nächsten Mal eine höhere Bezahlung vereinbaren.

Wenn du mit deiner Arbeit fertig bist, schreibst du deiner

Kundin eine Rechnung. Jetzt macht es sich im wahrsten Sinne des Wortes bezahlt, wenn du bei der Erstellung deines Angebots und deiner Zeiterfassung sorgfältig warst. Beides kannst du nun als Grundlage für deine Rechnung benutzen. Diese Punkte gehören standardmäßig in eine **Rechnung**:

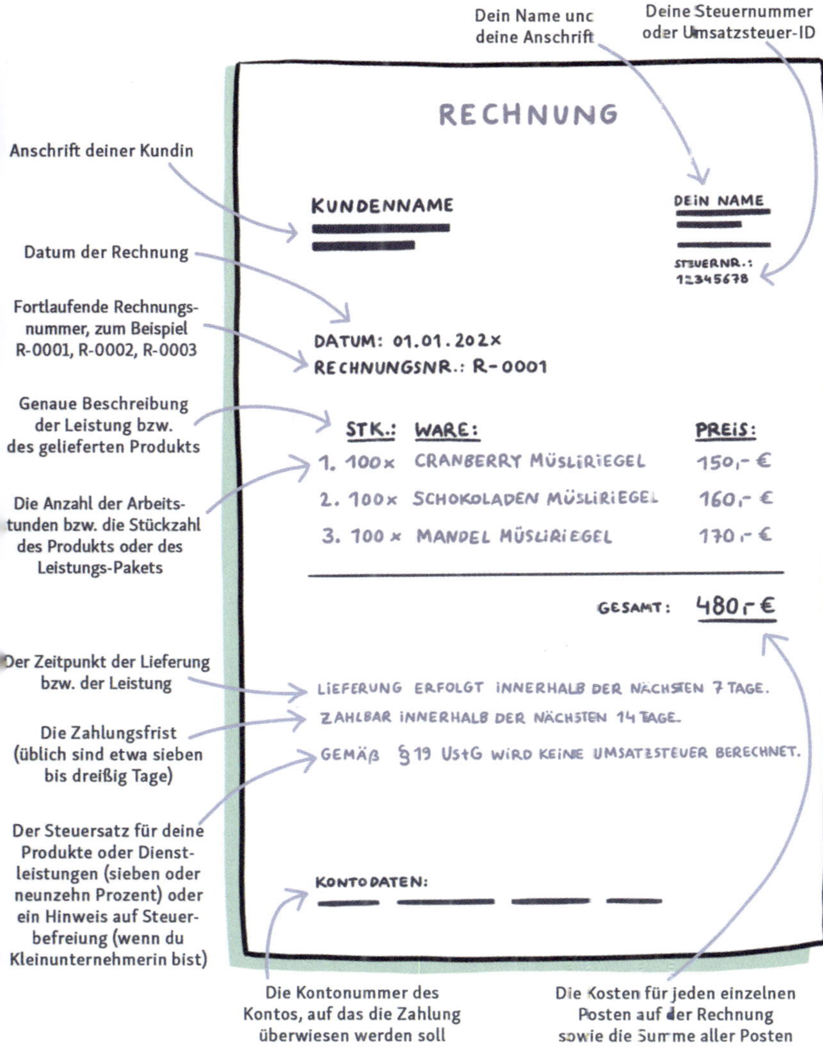

Im Internet kannst du viele Vorlagen für Rechnungen finden. Sieh sie dir an, dann wird dir klar, wie deine Rechnung aussehen muss. Wenn du immer noch unsicher bist, frage das für dich zuständige Finanzamt, ob deine Rechnung so vollständig ist.

In deinem Unternehmen erhältst du nicht nur Geld, sondern du gibst auch welches aus, zum Beispiel für Arbeitsmaterialien, Rohstoffe und Fahrscheine. Lass dir für alles, was du für deine Arbeit und dein Unternehmen brauchst, Belege (Quittungen, Rechnungen, Bons) geben. Die sortierst du nach Kategorie (zum Beispiel Porto, Büromaterial, Fahrkarten, Miete) und Datum. Die Originale heftest du ordentlich ab und bewahrst sie nach Jahren sortiert an einem trockenen und sicheren Ort auf. Einerseits behältst du so immer einen genauen Überblick über deine Ausgaben. Andererseits brauchst du die Belege, weil du als Unternehmerin eine Steuererklärung machen musst. Dann kannst du nämlich die Steuern, die du dem Staat auf deine Einnahmen zahlen musst, verringern, indem du Ausgaben, die du für dein Unternehmen hattest, teilweise davon abziehst. Das bringt dir also noch mal bares Geld! Als Daumenregel kannst du dir merken, eher mehr als weniger Belege aufzuheben. Wegschmeißen kannst du sie immer noch, wenn du später feststellst, dass sie doch nicht wichtig sind.

Zahle, wenn möglich, alle Ausgaben für deine Arbeit und dein Unternehmen mit der Girocard und bitte auch deine Kundinnen, deine Rechnungen mit einer Überweisung auf dein Girokonto zu bezahlen. So habt ihr beide schriftlich, dass bezahlt wurde und du behältst leichter den Überblick, wann du wie viel Geld ausgegeben und eingenommen hast, denn zu deinen regelmäßigen Tätigkeiten als Unternehmerin gehört das **Banking**. Du schaust ein paar Mal pro Woche auf dein Girokonto und überprüfst, ob alle Abbuchungen dem entsprechen, was du tatsächlich ausgeben wolltest und siehst nach, ob deine Kunden die Rechnungen bezahlt haben. Wurde eine Rechnung bezahlt, vermerkst du es auf der Rechnung mit einem (digitalen) Stempel: »Bezahlt am XX.XX.XXXX«

WAS, WENN …

… ein Kunde nicht bis zur vereinbarten Frist zahlt? Dann musst du ihn daran erinnern. Je älter man wird, desto mehr Papierkram muss man auch bewältigen. Nicht alle sind so gut organisiert wie du. Da kommt es schon mal vor, dass eine Zahlung vergessen wird. Schreib deinem Kunden eine freundliche Mail, in der du ihn an die Zahlung erinnerst und bittest, deine Rechnung sofort zu bezahlen. Hänge die Rechnung nochmals an die E-Mail an, damit dein Kunde nicht lange danach suchen muss. Die meisten werden dann sofort bezahlen, weil es ihnen furchtbar unangenehm ist, dass sie es vergessen haben.

Jede Unternehmerin muss Buch über ihre Einnahmen und Ausgaben führen. Die Buchhaltung ist vor allem für deine Steuererklärung wichtig.

Es gibt übrigens nicht einfach DIE Steuer, sondern viele verschiedene Steuern. Steuern sind Geldbeträge, die der Staat von seinen Bürgern

einsammelt, um davon Dinge für die gesamte Gesellschaft zu finanzieren. Von Steuern werden beispielsweise Krankenhäuser, Kindergärten, Straßen und Schulen bezahlt.

Vermutlich zahlst du bereits regelmäßig eine Steuer, und zwar beim Einkaufen. Alle Waren sind mit einer Mehrwertsteuer belegt. Je nachdem um welche Waren es sich handelt, beträgt die Mehrwertsteuer sieben oder neunzehn Prozent. Wenn du beispielsweise eine Tüte Chips für zwei Euro kaufst, sind davon sieben Prozent, also vierzehn Cent Mehrwertsteuer.

Wenn du dein eigenes Geld verdienst, musst du ab einem gewissen Betrag Einkommenssteuern zahlen. Dieser Betrag ist der sogenannte Grundfreibetrag, also das, was du ganz für dich allein behalten darfst. Der Grundfreibetrag entspricht dem Existenzminimum und soll verhindern, dass Menschen, die wenig verdienen, davon auch noch Einkommenssteuern zahlen müssen. Von allem, was du darüber hinaus verdienst, zahlst du einen Teil in Form von Steuern an den Staat. Die Höhe der Einkommenssteuer richtet sich nach dem Einkommen. Wer mehr verdient, muss auch eine höhere Einkommenssteuer zahlen.

Eine weitere Steuer musst du zahlen, wenn du in Geldanlagen wie Aktien investierst. Auf deine Erträge musst du dann eine Kapitalertragssteuer zahlen.

Es gibt noch viele weitere Steuern, wie zum Beispiel die Schenkungssteuer, wenn eine Person einer anderen eine große Menge Geld schenkt, die Kirchensteuer, wenn du der katholischen oder evangelischen Kirche angehörst, oder die Kfz-Steuer für das eigene Auto.

Wenn du mehr als den Grundfreibetrag verdienst und Einkommenssteuern zahlen musst, kannst du die Steuern verringern, indem du Ausgaben, die du für deine Arbeit hattest, davon »absetzt«. Wenn du also Geld für Arbeitsmaterialien, Rohstoffe oder die Miete eines Büros ausgeben musstest, um überhaupt in deinem Unternehmen zu arbeiten, dann wird ein Teil davon von der Einkommenssteuer abgezogen. Es lohnt sich also, genau zu wissen, was du alles von der Steuer absetzen kannst.

Wenn dein **Gewinn** unter 60 000 Euro und dein **Umsatz** unter 600 000 Euro pro Jahr liegen, bist du von der sogenannten doppelten Buchführung befreit. Da das bei dir in den ersten Jahren deines Unternehmens der Fall sein dürfte, sehen wir uns hier nur die einfache **Einnahmenüberschussrechnung** an, kurz EÜR, die du im Rahmen deiner Steuererklärung erstellst. Wenn du dann irgendwann mehr verdienst, ist es ratsam, eine Steuerberaterin zu engagieren, die dir deine Steuererklärung abnimmt. Was dir aber niemand abnimmt, ist, die Unterlagen, die du dafür benötigst, zusammenzutragen. Die EÜR hat, vereinfacht gesagt, zwei Bereiche: In dem

einen listest du auf, wie viel du mit deinem Unternehmen verdient, und in dem anderen, wie viel du dafür ausgegeben hast. Jetzt kommt dir also zugute, wenn du die Quittungen über Büromaterial, Porto und Co. sorgfältig aufbewahrt und immer den Überblick über die Zahlungen deiner Kunden behalten hast. Am besten, du sammelst das ganze Jahr über alles, was du für die EÜR brauchst.

Aktuell musst du als Unternehmerin jedes Jahr bis zum 31. Juli deine Steuererklärung für das Vorjahr abgeben. Das funktioniert in Deutschland ganz easy online über das Portal ELSTER. Dort richtest du dir ein Benutzerkonto ein. Dafür brauchst du deine **Steuer-ID**. Das ist eine Steuer-Identifikationsnummer, die seit 2008 jeder in Deutschland gemeldete Mensch hat. Frag deine Eltern, wo sie deine Steuer-ID aufbewahren. Wenn ihr sie nicht mehr findet, kannst du sie bei der Bundeszentrale für Steuern erfragen. Wenn du deine persönlichen Daten bei ELSTER eingetragen hast, bekommst du nach einigen Tagen per Post einen Aktivierungscode zugeschickt. Du kannst deine Steuererklärung dann direkt in ELSTER ausfüllen. Falls du feststellst, dass du mit vielen der Begriffe, die dort verwendet werden, nichts anfangen kannst, und nicht so genau weißt, wie du die Steuererklärung ausfüllen sollst, solltest du dir Hilfe holen, denn du bist verpflichtet, deine Steuererklärung korrekt auszufüllen. Hilfe erhältst du günstig durch einen Steuerhilfeverein oder durch spezielle Steuer-Computerprogramme, wie die »Steuersparerklärung«, oder Steuer-Apps. Achte aber unbedingt darauf, dass diese vertrauenswürdig sind!

Einige Wochen, nachdem du deine Steuererklärung abgeschickt hast, erhältst du deinen **Steuerbescheid**. Darin steht, wie viele Steuern du noch zahlen musst beziehungsweise wie viel du vom Finanzamt zurückgezahlt bekommst – je nachdem, wie hoch die Einnahmen und Ausgaben deines Unternehmens waren. Wenn die Gewinne deines Unternehmens höher als der Grundfreibetrag sind, solltest du also jeden Monat einen Teil deines Gewinns zurücklegen, damit du deine Steuern bezahlen kannst. Wie hoch der Grundfreibetrag in diesem Jahr ist, findest du auf der Website des Bundesfinanzministeriums heraus. Wenn du deine Steuererklärung zum allerersten Mal abgegeben hast, erhältst du vom Finanzamt eine **Steuernummer**. Die ist wichtig und muss gut aufgehoben werden. Was du auch aufheben musst – und zwar ganze zehn Jahre lang –, sind deine Steuerunterlagen, also alle Papiere, die du für deine Steuererklärung zusammengetragen hast. Nur damit kannst du beweisen, dass alles, was du in deiner Steuererklärung aufgelistet hast, auch tatsächlich stimmt.

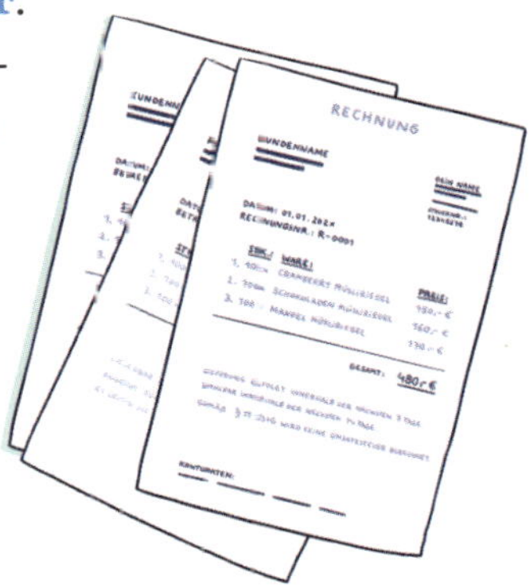

Nun weißt du, wie du allen Papierkram rund um die Finanzen deines Unternehmens im Griff behältst. Es gibt aber noch zwei weitere (digitale) Ordner, die in keinem Unternehmen fehlen dürfen: für Adressen und Korrespondenz. Notiere dir die Namen, Adressen, E-Mail-Adressen und Telefonnummern deiner Kundinnen ganz genau und hebe sie gut auf. Je länger du im Geschäft bist, desto größer wird deine Adressdatenbank. Sie ist ein Schatz – der direkte Draht zu all denen, die dir bereits einmal ihr Vertrauen geschenkt haben. Egal, ob du in Zukunft ein tolles neues Angebot, eine Sonderaktion oder ein ganz neues Geschäft ausheckst: Wenn du die Adressen aller bisherigen Kundinnen hast, kannst du ihnen davon berichten und sie davon überzeugen, erneut bei dir zu buchen oder einzukaufen. Wen du schon einmal mit deinem Angebot überzeugt hast, gewinnst du auch leichter für ein weiteres Angebot. Nutze am besten eine App oder ein Computerprogramm zur Speicherung und Verwaltung der Adressen deiner Kundschaft. Achte aber darauf, dass nur *du* Zugriff auf diese Adressen und Telefonnummern behältst, denn sie zählen zu den persönlichen Daten und müssen geschützt werden.

Zuletzt noch die **Korrespondenz**: Darunter fällt jede E-Mail, jeder Brief, jede SMS oder Nachricht in einem Messenger-Dienst, die du mit deinen Kunden ausgetauscht hast. Du solltest die jeweilige Korrespondenz in einem eigenen Ordner für jeden deiner Kunden aufbewahren. Sollte es einmal zu einer Meinungsverschiedenheit kommen, weil ihr euch unterschiedlich daran erinnert, was ihr miteinander vereinbart habt, kannst du in der Korrespondenz nachsehen. Wenn du etwas mündlich mit einem deiner Kunden vereinbarst, schreibe es kurz darauf nochmals in einer E-Mail auf und lasse es dir von deinem Kunden bestätigen. So hast du immer alles schwarz auf weiß. Obacht: Auch die Korrespondenz ist vertraulich und sollte nur dir zugänglich sein. Falls du alles in deinem Computer aufbewahrst, schütze ihn mit einem Passwort. Benutzt du den Familiencomputer, versieh wenigstens die Ordner, die mit deinem Unternehmen zu tun haben, mit einem Passwort.

»Kein Backup, kein Mitleid!« Schon mal gehört? Dir nützt es gar nichts, wenn du allen Papierkram sorgfältig ordnest und aufbewahrst, und dann eine Tasse Kakao darüber schüttest. Ist dein Laptop futsch, sind deine Daten im schlimmsten Fall auch futsch. Deswegen solltest du von allem Papierkram, der dein Unternehmen betrifft, eine Sicherungskopie machen. Am einfachsten geht das, wenn du alles in digitaler Form hast. Dann kannst du eine externe Festplatte an deinen Rechner anschließen und ein automatisches Backup einrichten. Wenn du ganz sicher gehen willst, machst du auch von diesem Backup noch ein Backup und bewahrst es an einem anderen sicheren Ort auf, zum Beispiel bei deiner Oma, im Büro deiner Mama oder in einem Tresor in der Bank. Wiederum gilt: Die Festplatte sollte mit einem Passwort gesichert sein, das nur du kennst.

Am Ball bleiben

Nur zufriedene Kundinnen werden wieder bei dir einkaufen oder dich erneut buchen. Dafür müssen natürlich dein Produkt oder deine Dienstleistung überzeugend sein. Aber ein guter Kundenservice ist mindestens genauso wichtig. Es kommt also nicht nur darauf an, deine Kunden mit deinem Angebot zum Kauf zu überzeugen, sondern auch darauf, sie besonders gut zu behandeln und damit an dich zu binden. Diese Kundenbindung gelingt dir, wenn du einige Dinge beachtest:

1. Halte unbedingt deine Termine ein und sei pünktlich. Solltest du dich doch einmal verspäten oder gar nicht kommen oder liefern können, sag deiner Kundin so früh wie möglich Bescheid und biete einen neuen Termin in der nahen Zukunft an. Ein gut gepflegter digitaler Terminkalender mit einer Erinnerungsfunktion ist dein Freund und Helfer!

2. Sei du selbst, sei höflich und respektvoll. Achte darauf, dich ordentlich und angemessen zu kleiden. – Verkleiden musst du dich natürlich nicht. Aber in dem alten Spruch »Kleider machen Leute« liegt durchaus eine Wahrheit.

3. Hör genau zu und mache dir, falls nötig, Notizen, wenn

deine Kundin ihre Wünsche äußert. Du wirst Frau Hakimis Pflanzen gießen, während sie auf Reisen ist? Schreib dir auf, dass ihre Kakteen nur ein paar Tröpfchen, der Oleander auf dem Balkon aber jeden Tag eine ganze Kanne voll Wasser benötigt. Wiederhole am Ende gegenüber deiner Kundin, was du verstanden hast. So vermeidest du Missverständnisse.

Frag immer nach, wenn du etwas nicht verstanden hast – und zwar so lange, bis du es verstanden hast.

4. Sei vorausschauend und denke mit. Als du Frau Hakimis Pflanzen gießt, fällt dir auf, dass sie wohl vergessen hat, in der Speisekammer das Licht zu löschen. Schalte es aus und erspare deiner Kundin so eine böse Überraschung auf ihrer Stromrechnung. Falls du unsicher bist, ob etwas Absicht oder Versehen ist, rufe deine Kunden an oder frage deine Eltern.

5. Halte dich zuverlässig an Abmachungen und Versprechen.

6. Kröne deine Leistung mit dem gewissen Extra. Frau Hakimi freut sich sicher über eine Schale selbst gebackener Kekse auf dem Küchentisch, wenn sie nach Hause zurückkehrt.

7. Belohne besonders gute und treue Kunden mit einem besonderen Angebot: Schenke ihnen ab und zu ein wenig mehr Leistung oder ein kleines Extra, ohne den Preis zu erhöhen.

8. Gib deinen Kundinnen eine Garantie. Wenn sie nicht zufrieden sind oder etwas kaputt geht, bitte um Entschuldigung und hole nach, was du versäumt hast, bessere aus, repariere oder gib deiner Kundin im schlimmsten Fall ihr Geld zurück.

9. Sei gerecht und verlange angemessene Preise.

10. Sei ehrlich. Versprich nichts, was du nicht halten kannst und gib zu, wenn du einen Fehler gemacht hast.

11. Gib dein Bestes. Du häkelst Kragen? Arbeite sorgfältig. Du bäckst Quiches? Achte auf frische Zutaten und verkaufe nur, was dir auch selbst schmeckt. Nur wenn du von deinem Angebot überzeugt bist, wird es auch andere überzeugen. Und wenn du erfolgreich mit deinem Angebot bist, ruhe dich nicht auf deinem Erfolg aus. Es gibt immer noch etwas zu verbessern … Und wenn du nicht weißt, was, frag deine Kundinnen. Sie geben sicher gern Feedback und verraten dir, was sie sich noch wünschen würden.

Deine Kundinnen sind bei dir Königinnen. Sie können sich auf die Qualität deiner Arbeit verlassen. Außerdem bist du der Inbegriff von zuvorkommend und weißt ganz genau, womit du welcher Kundin eine kleine Extrafreude bereiten kannst. Aber du musst mit deinem Angebot auch weiter attraktiv für deine Kundinnen bleiben. Dabei kann es sein, dass du ein paar Widrigkeiten widerstehen und überwinden musst.

WAS, WENN …

… du zu wenig verkaufst oder zu selten gebucht wirst? Du hast einen Stand mit selbst geflochtenen Handtaschen auf dem Schulbasar, aber in drei Stunden erst eine Tasche verkauft. Vielleicht ist dein Stand ja zu versteckt und deine potenziellen Kundinnen finden gar nicht zu dir? Versuche, umzuziehen! Oder es kommen zwar eine Menge Leute an deinem Stand vorbei, bleiben auch kurz stehen, aber kaufen dann nichts? Bitte sie um ihre ehrliche Meinung. Vielleicht werden sie dir sagen, dass ihnen deine Taschen zu bunt sind oder sie zu viel kosten oder dass sie deine Werbung zu aufdringlich finden.

Autsch! Das kann schon mal weh tun, zu hören. Versuche, die Kritik nicht persönlich zu nehmen. Vieles ist eine Frage des Geschmacks und über den lässt sich bekanntlich nicht streiten. Jetzt weißt du jedenfalls besser, was deine Kunden wollen und kannst deine Taschen ein bisschen mehr nach ihrem Geschmack gestalten. Dabei solltest du aber auch deiner Vision treu bleiben. Wenn du ganz verspielte Taschen machst, deine Kundinnen aber ganz schlichte wollen, könnte ein guter Kompromiss sein, die wilden Formen beizubehalten, aber dezentere Farben zu wählen. Verrückt, aber wahr: Deine Kundinnen kaufen am liebsten etwas, was sie sich so nicht hätten selbst vorstellen können. Sie wollen mit etwas Neuem, etwas Originellem überrascht werden. Sie wollen, dass du ihnen etwas anbietest, wovon sie noch nicht wussten, dass sie es haben wollen.

WAS, WENN …

… sich deine Mühe gelohnt hat und dein Geschäft brummt, du aber plötzlich Konkurrenz bekommst? Dein Lieferservice für vegane Geburtstagstorten läuft wie am Schnürchen. Allerdings findest du eines Tages einen Flyer, auf dem ein Mädchen aus der Nachbarschaft das Gleiche günstiger anbietet. »Wie gemein!«, denkst du: »Ich hatte die tolle Idee und jetzt, wo die Kasse klingelt, macht sie es einfach nach!« Das nennt man Wettbewerb und er hat durchaus gute Seiten. Verschwende deine Energie nicht damit, traurig und wütend auf deine Konkurrentin zu sein, sondern sieh dir genau an, was sie anbietet und zu welchem Preis.

Dann arbeite daran, dass dein Angebot attraktiver bleibt als ihres. Verwende hochwertigere Zutaten als sie und lass deine Kunden von der besonders hohen Qualität deiner Torten wissen. Erweitere dein Sortiment, indem du neue Sorten anbietest. Präsentiere deine Torten noch schöner, auf hübscheren Platten oder in besonderen Schachteln. Stecke mehr Liebe in die Verzierung deiner Torten. Biete nicht nur vegane Torten, sondern auch vegane Quiches oder in Flaschen abgefüllte alkoholfreie Bowle an. Wenn du deine Fantasie nutzt, wirst du dank der Konkurrenz dein Angebot verbessern und bald noch bessere Geschäfte machen. Aber Achtung! Biete

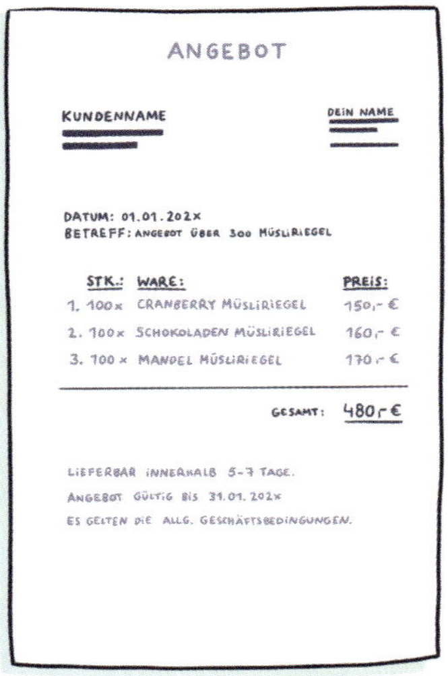

nichts an, was du nicht verwirklichen kannst, nur aus Angst vor der Konkurrenz. Angst ist sowieso keine gute Motivation. Spielerischer Ehrgeiz und ein solides Selbstvertrauen werden dich viel weiter bringen.

WAS, WENN …

… jemand deinen Preis drücken will? Die Fischers sind mit deinen Eltern befreundet. In der Zeitung lesen sie deine Anzeige für Garagen-Entrümpelung und sind von dem Angebot begeistert – aber nicht von deinem Preis. Sie bitten dich, ihre Garage zu entrümpeln, und zwar zu einem besonders günstigen »Freundschaftspreis«. Bleib ganz gelassen. Du hast dir schließlich genau überlegt, wie viel deine Arbeit wert sein soll und darfst selbstbewusst sagen: »Tut mir leid, aber das wäre gegenüber meinen anderen Kunden nicht fair.« Schließlich halten diese deinen Preis offensichtlich für gerechtfertigt und sind bereit, ihn zu zahlen. Vielleicht kannst du aber trotzdem ein »Freundschaftsangebot« machen. Gibt es etwas, was die Fischers im Gegenzug für dich tun können? Du könntest ihre Garage für weniger Geld entrümpeln, wenn Frau Fischer dafür deinen Computer von einem Virus befreit.

WAS, WENN …

… dich dein Erfolg überrollt? Es wollen viel mehr Leute deine Upcycling-Regale kaufen als du vermutet hattest. Du kommst mit den Aufträgen bald nicht mehr hinterher. Hebe deine Preise ein kleines bisschen an (natürlich nur für neue Aufträge). Du wirst dann vermutlich weniger Anfragen erhalten, aber dafür mehr Gewinn mit deiner Arbeit erzielen, solange du ausgebucht bleibst.

DIY

TEIL 4

Sparen allein reicht nicht? – Gib weniger Geld aus!

Schlau einkaufen

Wenn du die 50-30-20-Regel befolgst, erlaubst du dir, ganze achtzig Prozent deines Geldes für Konsum auszugeben. Du reservierst fünfzig Prozent deines Geldes für notwendige Ausgaben und weitere dreißig Prozent, um dich damit zu amüsieren. Vielleicht hast du aber auch einige Monate lang immer zwanzig Prozent deines Einkommens für etwas Besonderes gespart und kannst es dir nun endlich leisten. So oder so: Setze dir ein **Budget** für deinen Konsum, also eine Grenze, wie viel Geld du maximal ausgeben möchtest.

Dabei kann dir die Umschlag-Methode helfen. Du gibst regelmäßig Geld für Zeitschriften, Kleidung und Snacks aus? Beschrifte für jede Gelegenheit je einen Umschlag und lege so viel Geld hinein, wie du maximal pro Monat dafür ausgeben möchtest. Wenn du dann eine neue Zeitschrift kaufen möchtest, nimm das Geld dafür aus dem Umschlag »Zeitschriften«. Ist der Umschlag leer, kaufst du dir keine weitere Zeitschrift. Stattdessen könntest du deine Freundin fragen, ob sie dir eine leihen möchte. Im nächsten Monat befüllst du den »Zeitschriften«-

Umschlag neu mit dem vorgesehenen Betrag und kannst dir davon wieder neues Lesefutter besorgen.

Ein Einkaufsbummel mit deinen Freundinnen ist ein großer Spaß, keine Frage. Ihr schlendert durch schöne Geschäfte. Es duftet nach Parfüm, Schokolade und Blumen. Die Lichter drinnen strahlen so freundlich wie die Sonne draußen. In dieser künstlichen Welt der Geschäfte scheint immer alles perfekt – oder so günstig, dass du glaubst, du könntest dir alles leisten. Zwischendurch ein Muffin zur Stärkung, hinterher ein amüsanter Abend im Kino – natürlich mit Popcorn! In so einer verführerischen Umgebung und kauflustigen Laune geben wir schnell mehr Geld aus als wir wollen, und bereuen es später, weil wir zuerst kaufen und dann denken. Aber du weißt, dass dein Geld dir nur treu ist, wenn du sorgsam damit umgehst. Deshalb denke zuerst darüber nach, wofür du es ausgeben möchtest. Mit diesen Tipps wird es dir gelingen, dein Geld so auszugeben, dass es dir möglichst viel und lange Freude bereitet:

1. Opfere nicht deinen langfristigen Traum für den kurzfristigen Konsum. Wenn du immer wieder – »Nur dieses eine Mal!« – Geld ausgibst, das du eigentlich sparen wolltest, wirst du deine Träume nicht verwirklichen. Denke fest an deinen großen Wunsch und daran, wie toll es sich anfühlen wird, wenn er in Erfüllung geht. Du wirst sehen: Das süße Glitzerhaargummi erscheint dagegen plötzlich wertlos und es fällt dir ganz leicht, es zurück ins Regal zu legen.

2. Kaufe Kleinigkeiten wie Snacks, Kosmetik und Zeitschriften in Ladengeschäften statt im Internet ein und

lege dir den Betrag, den du höchstens ausgeben möchtest, bar in deine Geldbörse. Lasse deine Girocard zu Hause. So siehst du jederzeit, wie viel Geld noch übrig und wann es ausgegeben ist.

3. Bei größeren Wünschen hingegen lohnt es sich, im Internet bei verschiedenen Anbietern die Preise zu vergleichen, wenn du bereits genau weißt, was du kaufen willst. Obwohl du vielleicht Versandkosten zahlen musst, findest du online oft ein günstigeres Angebot als im Geschäft, weil der Händler zum Beispiel keine Ladenmiete und weniger Mitarbeiter hat. Achte aber darauf, nur auf Online-Plattformen einzukaufen, die vertrauenswürdig sind. Das erkennst du beispielsweise an dem Siegel von »Trusted Shops« auf der Website des Online-Shops.

4. Unterscheide, was du brauchst und was du willst. Kaufe zuerst das, was du brauchst.

5. Achte auf gute Qualität. Wenn du eine neue Sporttasche brauchst und die günstigste kaufst, damit möglichst viel Geld für das, was du nicht brauchst, aber gern hättest, übrig bleibt, lohnt sich das nicht. Die Sporttasche wird vermutlich nicht lange halten und du musst entweder Geld für die Reparatur ausgeben oder eine neue kaufen. Dann bleibt wiederum weniger Geld übrig für das, was du dir wünschst. Qualität kostet extra, aber umgekehrt sind Produkte, die mehr kosten, nicht unbedingt besser als andere. Wie findest du also

heraus, welches Produkt die beste Qualität hat? Frage Freundinnen, die etwas Ähnliches gekauft haben, nach ihren Erfahrungen und Empfehlungen. Lies im Internet Kundenbewertungen des Produkts oder Testberichte. Viele gute oder sehr gute Bewertungen deuten auf gute Qualität hin. Wenn ein Produkt von dreihundert Personen als gut und von sechzig als schlecht bewertet wurde, ist es möglicherweise besser als ein Produkt, das ausschließlich gut bewertet wurde, aber insgesamt nur von fünf Personen.

6. Kaufe nur, was du dir auch leisten kannst. Wenn du dir Geld borgen musst, um etwas zu kaufen, kannst du es dir nicht leisten (dazu zählen auch Ratenkäufe!). Die Süßigkeiten, die du von dem geliehenen Geld gekauft hast, sind längst aufgefuttert, während du immer noch deine Schulden zurückzahlst. Das nervt!

7. Hast du schon einmal Trocken-Shopping ausprobiert? Das bedeutet, dass du in den Läden nur guckst, aber nichts kaufst. Es kann sehr schön sein, sich in den geschmackvoll eingerichteten und duftenden Geschäften umzusehen, die weichen Stoffe anzufassen, ein wenig der Hintergrundmusik zu lauschen. Du kannst zusehen, was die anderen Leute sich aussuchen, zum Spaß ein völlig schräges Outfit anprobieren oder dir vorstellen, wie es wäre, in die Länder zu reisen, aus denen die Waren kommen. Oft reicht es schon, das Erlebnis zu genießen und es würde dich nicht glücklicher machen, die Dinge tatsächlich zu kaufen.

8. Überlege, ob du die Dinge, die du brauchst oder gern hättest, unbedingt kaufen musst oder ob du sie auch ausleihen, selbst machen oder tauschen kannst.

Wenn du zur Hochzeit deiner Tante eingeladen bist und dafür ein besonders festliches Kleid anziehen möchtest, reicht es vielleicht, das Kleid von einer Freundin, auf einer darauf spezialisierten Internet-Plattform oder in einem speziellen Geschäft auszuleihen. Schließlich weißt du nicht, ob und wann es wieder einen Anlass gibt, das tolle Kleid anzuziehen – und ob es dir dann noch passt und gefällt.

Du liebst es, Geschenke zu machen und bist bereit, dafür viel Geld auszugeben? Das ist eine schöne Geste, kann aber ganz schön teuer werden. Wie wäre es mit einem selbst gemachten statt einem gekauften Geschenk? Das ist sehr persönlich und zeigt, dass du dir Zeit genommen hast, um jemandem eine Freude zu machen.

DIY

Erinnerst du dich, dass Menschen, bevor es Geld gab, ihre Waren einfach getauscht haben? Das funktioniert auch heute noch. Wir haben alle viel zu viele Dinge zu Hause, die wir eigentlich gar nicht brauchen oder benutzen. Sortiere gründlich aus. Auf speziellen Internet-Plattformen kannst du die aussortierten Dinge anbieten und schreiben, was du im Tausch dafür suchst.

9. Kaufe Dinge gebraucht statt neu. Das schont nicht nur die Umwelt, weil dann weniger weggeworfen und weniger neu produziert werden muss, sondern auch deinen Geldbeutel. Gebraucht kosten Dinge oft viel weniger

als neu, obwohl sie noch tadellos aussehen und funktionieren. Getragene Kleidung ist »Second Hand« oder »Vintage« und sogar ziemlich hip.

10. Diese angesagten weißen Turnschuhe brauchst du nicht, hättest sie aber gern? Vermeide sogenannte **Impulskäufe**, also spontane und unüberlegte Käufe. Geh mit den Sneakern nicht direkt zur Kasse, sondern laufe eine Weile mit ihnen im Geschäft herum und beschäftige dich dabei zehn Minuten lang mit etwas anderem. Oft verfliegt in dieser Zeit der Reiz des Neuen, den die Schuhe zunächst hatten, und du wirst merken, dass du sie eigentlich gar nicht haben möchtest.

Und wenn doch: Lasse sie dir so lange wie möglich zurücklegen. Sieh zu Hause nach, ob du schon ähnliche Schuhe hast. Vielleicht entdeckst du ein paar weiße Turnschuhe ganz hinten im Schrank. Sie passen dir noch, sind aber ziemlich dreckig und auch ein bisschen langweilig? Reinige sie und schenke ihnen eine Verschönerung. Vielleicht reicht es, die Schnürsenkel gegen andersfarbige zu tauschen oder einen Teil der Schuhe mit einem wasserfesten Stift zu bemalen. Mit ein wenig Pflege und Kreativität wirst du die Schuhe wahrscheinlich wieder gern tragen, denn du hast sie durch deine Zeit und Mühe zu etwas Besonderem gemacht.

Sind die Schuhe im Geschäft tatsächlich anders als alle, die du bereits besitzt, hast du nun Zeit, zu überlegen, ob du die Schuhe wirklich willst, auch nach ein paar Tagen noch.

11. Wenn möglich, probiere Dinge aus und an, bevor du sie kaufst.

12. Fehlkauf? Allergie? Passt nicht? Bring das Gekaufte zurück. Dafür solltest du immer den Kassenzettel aufbewahren. Am besten, du sammelst alle Kassenbons in einer Schachtel.

13. Frage nach, wie lange du auf das Gekaufte Garantie hast. Oft kannst du Dinge auch noch zurückbringen oder umtauschen, wenn sie erst nach einigen Monaten oder sogar Jahren kaputtgehen. Auch dafür brauchst du den Kassenzettel.

14. Überlege dir kostengünstige Alternativen. Statt Cookies im Café zu kaufen, überrasche deine Freundinnen mit einem selbst gebackenen Kuchen oder noch besser: Backt zusammen Kekse! Das Eis, das die kleine Milchbar an der Ecke verkauft, kannst du in einem gut ausgestatteten Supermarkt um vieles günstiger kaufen. Mit Fantasie und deinen Freundinnen zauberst du daraus zuhause tolle Eisbecher. Auch ein Picknick kann mindestens genauso schön sein wie ein Besuch beim Imbiss. Wenn du an größere Ausgaben wie Reisen denkst, frage dich, wie gut du eigentlich deine eigene Stadt oder dein Bundesland kennst. Mit etwas Recherche und Neugierde kannst du auch in der Nähe viel Neues entdecken und erleben. Du kannst zu Hause übernach-

ten, dir deinen eigenen Proviant zubereiten und musst kein teures Bahnticket kaufen.

15. Teile mit anderen. Du würdest unheimlich gern mit deiner Freundin in dieser gemütlichen kleinen Pizzeria essen gehen? Wenn ihr euch eine Pizza teilt, ist der Restaurantbesuch gleich viel erschwinglicher.

16. Kaufe nichts, nur um anderen zu gefallen. Trendsetterinnen sind den anderen voraus. Kaufe nur, was *dir* gefällt und entwickle so deinen eigenen Stil. Wenn du dich wohl in deinen Sachen fühlst und stolz auf deine klugen Kaufentscheidungen bist, werden das auch andere bemerken.

17. Kaufe erst, wenn es Rabatt gibt. Früher gab es nur den Sommer- und den Winterschlussverkauf, aber heute gibt es ständig irgendwelche Rabatt-Aktionen. Am besten, du schreibst eine Liste mit den Dingen, die du brauchst und möchtest und wartest dann auf den nächsten Ausverkauf. Achtung! Wenn du dann die neuen Winterstiefel erst im Januar kaufst, plane so voraus, dass sie dir auch im kommenden Jahr noch passen. Sonst lohnt sich selbst dieses Schnäppchen nicht. Du könntest die Stiefel eine Nummer zu groß kaufen und in diesem Jahr immer mit einem Extra-Paar Socken tragen. Frage dich außerdem vor jedem Rabatt-Kauf, ob du das Teil auch kaufen würdest, wenn der jetzt reduzierte Preis der tatsächliche Preis wäre. Nur zu kaufen, weil etwas

günstiger ist, führt nur zu mehr, nicht zu schlauerem Konsum. Und last but not least: Vergleiche, ob der Rabatt-Preis tatsächlich niedriger als der vorherige Preis ist, indem du dir eine Weile die Preise für Dinge, die du gern hättest, notierst.

18. Kaufe nichts aus Verlegenheit. Ein Verkäufer, der dir etwas aufschwatzen will, kann sehr unangenehm sein. Bedanke dich für seine Beratung und sage, du brauchst etwas Bedenkzeit. Dann überlege in Ruhe, ob du den Artikel kaufen möchtest.

19. Du liebst die Atmosphäre eines Geschäfts, aber weißt, dass du dir dort nichts leisten kannst? Macht nichts! Sieh dich um und sammle Inspiration für dein eigenes Zimmer und deinen Stil. Gefällt dir, dass in dem Geschäft überall Pflanzen von der Decke hängen? Frag in online Tauschbörsen nach Ablegern und kreiere deinen eigenen Urban Jungle! Dir gefallen die Farben in dem Geschäft? Vielleicht ist es Zeit, deine Wände neu zu streichen. Du magst, wie lässig die Outfits gestylt sind? Schau dir etwas ab! Mit ein wenig Fantasie kannst du einige deiner eigenen Kleidungsstücke ganz ähnlich stylen.

20. Du liebst es einfach, auch mal so richtig sorglos alles zu kaufen, was dir auf deinem Einkaufsbummel gefällt? Das ist in Ordnung. Wenn dir das wirklich wichtig ist, ist es dein großer Wunsch. Setze dir ein Sparziel, spare dafür, setze dir ein Budget und dann: Hau die Kohle raus und amüsiere dich!

Fridays for Future! Dir liegen Umwelt und Klima am Herzen? Dann solltest du wissen: Der nachhaltigste Konsum ist der Konsumverzicht. Wir alle kaufen eigentlich viel zu viel ein. Das schadet der Umwelt, denn es werden viel mehr Ressourcen verbraucht, als sich von allein regenerieren können. Und wofür? – Leider allzu oft für die Müllhalde. Jedes Jahr werden in Deutschland rund zwölf Millionen Tonnen Lebensmittel weggeworfen, weil Menschen mehr einkaufen, als sie essen können, die Lebensmittel falsch lagern oder bestimmte Teile, wie Apfelschalen und Brotkrusten nicht essen wollen. Mit den Lebensmitteln werden enorme Mengen an Wasser verschwendet und CO_2 in die Atmosphäre geblasen. Auch Textilabfall ist ein riesiges Problem in unserem Land. Fast fünf Kilogramm Klamotten wirft jede Person in Deutschland durchschnittlich pro Jahr auf den Müll – nicht selten vollkommen ungetragene Kleidung.

Musst du gerade an die steinharten Weingummis, die du am Schuljahresende in den Tiefen deines Rucksacks gefunden und dann weggeworfen hast, denken? Und erinnerst du dich noch an das Fan-T-Shirt, das du beim letzten Konzert deiner Lieblingsband gekauft, aber dann nie angezogen hast, weil es dir eigentlich gar nicht stand? Bei eurem letzten Umzug hast du es dann in den Abfall geworfen, damit es nicht länger Platz in deinem Schrank frisst.

Konsum ist oft die pure Verschwendung. Bewusster Konsum oder sogar Konsumverzicht schonen nicht nur deinen Geldbeutel und bringen dir damit schneller ein ordentliches Vermögen ein, sondern sind auch kraftvolle Mittel, um Umwelt und Klima zu schützen. Ist doch toll, oder? – Ausnahmsweise musst du mal nichts machen, um etwas zu bewirken.

Minimalismus und Frugalismus: Gut für Geldbeutel und Umwelt

Wahre Meisterinnen des Konsumverzichts und des bewussten Konsums sind Frugalistinnen und Minimalistinnen. »Frugal« bedeutet bescheiden und »minimalistisch« auf das Nötigste beschränkt. **Frugalismus** und **Minimalismus** sind zwei konsumkritische Bewegungen, die aus den USA, dem Konsumtempel schlechthin, zu uns gekommen sind. Minimalismus und Frugalismus haben unterschiedliche Ziele. Während Minimalistinnen sich nur auf absolut notwendige Dinge beschränken und so wenig wie möglich konsumieren wollen, möchten Frugalistinnen genau so viel konsumieren, wie es ihr Leben wirklich bereichert. Wie Frugalistinnen und Minimalistinnen leben, um ihre Ziele zu erreichen, ergänzt einander und wir können eine Menge von ihnen lernen.

Frugalistinnen haben das Ziel, so früh wie möglich finanziell unabhängig zu sein. Das heißt vereinfacht gesagt, sie wollen so früh wie möglich in **Rente** gehen. **Finanzielle Unabhängigkeit** beschreibt einen Zustand, in dem eine Person nicht mehr für Geld arbeiten muss, weil sie genug bis an ihr Lebensende hat. Im Englischen wird Frugalismus deshalb auch mit der Abkürzung **FIRE** bezeichnet:

Financial
Independence,
Retire
Early

– übersetzt also: finanzielle Unabhängigkeit und früh in Rente. Das heißt natürlich nicht, dass eine Frugalistin, sobald sie die finanzielle Unabhängigkeit erreicht hat, nicht mehr arbeiten darf. Sie muss nur nicht mehr darauf achten, wie viel Geld ihr eine Arbeit einbringt und kann so viel und ausschließlich in dem Job arbeiten, der ihr Spaß macht. Klingt ja toll! Und wie wollen Frugalistinnen das schaffen? Vor allem, indem sie sehr bescheiden leben und damit ihre Ausgaben gering halten. Über die 50-30-20-Regel können sie nur lachen. Viele von ihnen sparen fünfzig Prozent oder mehr ihres Einkommens. Und um möglichst schnell ein möglichst großes Vermögen aufzubauen, investieren sie ihr Geld an der (Krypto-)Börse. Was das ist und wie es funktioniert, liest du in den Kapiteln *Börse und Aktien* sowie *Kryptowährungen*.

Frugalistinnen verzichten aber nicht einfach auf alles, was Spaß macht, und fristen ein freudloses Dasein. Im Gegenteil! Viele behaupten sogar, dass sie glücklicher sind, seit sie als Frugalistinnen leben. Wie das sein kann? Frugalistinnen geben nur Geld aus für Dinge, die ihnen wirklich wichtig sind und die ihr Leben tatsächlich bereichern. Sie wissen genau, worauf es ihnen persönlich ankommt, denn sie sind ganz ehrlich mit sich selbst und kennen ihre Bedürfnisse sehr gut – und auch ein paar wissenschaftliche Erkenntnisse, die darauf hinweisen, dass Konsum per se nicht glücklich macht.

Und warum gehen dann alle ständig shoppen? Beobachte dich selbst einmal genau, dann wirst du erkennen, dass deine Gefühle eine sehr große Rolle spielen, wenn du etwas kaufen möchtest. Du bist traurig und möchtest dich durch

Shopping aufmuntern. Du hast etwas Schwieriges geschafft und möchtest dich dafür mit Shopping belohnen. Du hast Angst, dass »die Coolen« dich ärgern, wenn du nicht die neuesten Sneaker trägst (obwohl du »die Coolen« gar nicht magst und du deine bisherigen Sneaker gut findest). Du denkst, du würdest dich in deinem Zimmer wohler fühlen, wenn du ein paar Lichterketten darin aufhängst. Du glaubst, du wirst eine glücklichere Person sein, wenn du endlich einen eigenen Elektroroller besitzt. Fakt ist: In den allermeisten Fällen irrst du dich. Konsum macht nicht glücklich – zumindest nicht auf Dauer.

Schuld daran, dass wir trotzdem ständig shoppen gehen wollen, ist die sogenannte Obsoleszenz. Vielleicht hast du schon mal von der **geplanten Obsoleszenz** gehört. Obsoleszenz bedeutet Abnutzung. Geplante Obsoleszenz ist, wenn Dinge so produziert werden, dass sie schnell kaputtgehen und durch neue ersetzt werden müssen. Es handelt sich beispielsweise um geplante Obsoleszenz, wenn dein Drucker einen Tag nach Ablauf seiner Garantie den Geist aufgibt, die Nähte deines neuen Shirts sich bereits nach dem vierten Waschgang auflösen und die Kurbel an deinem Bleistiftanspitzer nach wenigen Wochen abbricht.

Es gibt aber auch eine **psychologische Obsoleszenz**, also das Gefühl, dass Dinge nicht mehr hip oder überhaupt attraktiv sind, obwohl sie noch nicht alt und vollkommen funktionstüchtig sind. Diese »gefühlte Abnutzung« wird vor allem durch die Werbung befeuert. Menschen, die Werbung produzieren, wissen genau, dass wir alle uns danach sehnen, Teil einer Gemeinschaft zu sein. Und dieses Wissen nutzt die Werbung aus, indem sie uns ständig erzählt, dass wir nicht schön, stylisch, glücklich oder selbstbewusst genug sind. Die Werbung macht uns vor, dass wir, wenn wir dieses und jenes Produkt kaufen, endlich zu den Schönen, Stylischen, Glücklichen und Selbstbewussten gehören werden. Und wenn du das Produkt dann gekauft hast, zeigt dir nach ein paar Wochen die Werbung, dass es schon wieder ein neueres, besseres Produkt gibt und du, wenn du dieses nicht kaufst, nicht mehr dazugehörst.

Gefühlte Abnutzung findet aber auch ganz ohne Werbung statt – wegen des Phänomens der **hedonistischen Adaption**. Hedonismus ist das Streben nach Genuss und Spaß. Und Adaption bedeutet Anpassung oder Gewöhnung. Die hedonistische Adaption bezeichnet das Phänomen, dass wir uns nach einer Weile an ein neues Level von Genuss oder Spaß gewöhnen.

So geht es auch Sina. Sinas Leibspeise ist Sushi. Sie kratzt ihre letzten Kröten zusammen, um sich welches im Supermarkt zu holen. Selig futtert sie es auf. Bald ist sie zu faul, sich das Sushi selbst im Supermarkt zu holen und lässt es sich liefern. Dafür braucht sie mehr Geld. Sie borgt es sich bei ihrer Schwester und stottert es noch eine Woche, nachdem sie das bestellte Sushi aufgegessen hat, mühsam ab.

Bald fragt sie sich, ob es nicht viel netter wäre, das Sushi in einem Sushi-Imbiss und nicht zu Hause zu essen. Sie hat gerade Taschengeld bekommen und überzeugt ihre Freundin, gleich im Sushi-Imbiss essen zu gehen. Lecker – und doppelt so teuer wie das Sushi aus dem Supermarkt! Jeden Monat geht Sina jetzt mit ihrer Freundin in den Imbiss.

Nach einer Weile aber, sie haben gerade die coole Geo-

Klausur hinter sich gebracht, findet Sina, um sich zu belohnen, könnten sie doch mal in ein richtiges Restaurant, statt in diesen »öden« Imbiss gehen, um dort Sushi zu essen. Das Restaurant ist zwar viel teurer, aber dort schmeckt es bestimmt besser und man sitzt viel netter und wenn sie dort von den anderen Mädchen aus der Klasse gesehen würden, fänden die sie bestimmt ziemlich cool und erwachsen. Außerdem hat Sina gerade angefangen, für einen kleinen Lohn in einem Schuhladen das Lager zu sortieren. Der Job hat Sina eigentlich zu Beginn Spaß gemacht, doch dann hat sie so viele Stunden übernommen, dass sie die Freude daran verloren hat. Aber was soll sie machen? Schließlich braucht sie Geld für mehr und besseres Sushi.

Zu ihrem Geburtstag möchte Sina endlich was richtig Besonderes und nicht in dem »normalen« Sushi-Restaurant essen. Sie bittet ihre Eltern, mit ihr in eine elegante Sushibar mit spektakulären Kreationen zu gehen. Doch ihre Eltern lehnen ab: Sie finden die Preise dort überteuert und die Portionen zu klein. Sie könne ja dafür arbeiten, wenn sie meine, sie müsse dort essen gehen. Und das macht Sina: Sie arbeitet noch mehr in dem Lager des Schuhladens, obwohl es ihr jetzt schon zu viel ist, um endlich das ultimativ leckere Sushi in der todschicken Sushi-Bar zu essen.

Komisch, oder? Das, was Sina zuerst begehrenswert erschien, wird, sobald sie es erreicht hat, nach kurzer Zeit schon wieder langweilig, ja, eigentlich sogar zu einer Quelle von Frust. Sina hat sich schnell an den Lieferservice gewöhnt und hält nach der nächst besseren Variante Ausschau – mit der sie den Lieferservice dann vergleicht. So erscheint ihr schnell das, was sie zuerst noch für Luxus hielt, schäbig oder öde. Und so geht es immer weiter.

Das Schlimme ist: Sina arbeitet immer mehr in einem Job, der ihr keinen Spaß macht für etwas, das sie nur kurz zufrieden stellt. Sie befindet sich in einem Hamsterrad. Sina muss immer mehr arbeiten, um sich immer mehr leisten zu können. Dabei wird sie immer unglücklicher, denn der Job macht ihr keinen Spaß und über den Restaurantbesuch freut sie sich nur eine kurze Weile. Dann möchte sie etwas Besseres. Und dafür muss sie noch mehr arbeiten.

Und wie schaffen es Frugalistinnen, aus diesem Teufelskreis auszusteigen? Sie haben ein großes Ziel vor Augen: ihre finanzielle Unabhängigkeit. Weil ihnen dieses Ziel so viel bedeutet, fällt es ihnen leichter, auf kurzzeitige Freuden zu verzichten. Andererseits wissen und erleben sie auch, dass sich dieser Verzicht gar nicht schlecht, sondern sogar gut anfühlt. Sie wissen, wann sie genug von etwas haben, und mehr sie nicht glücklicher machen würde. Und sie wissen ganz genau, worauf sie nicht verzichten wollen, weil es ihr Leben so bereichert.

Sie verzichten also nicht vollkommen auf Konsum, sondern konsumieren lediglich achtsamer oder bewusster. Sie unterscheiden nicht nur zwischen dem, was sie brauchen und dem, was sie wollen, sondern trennen bei dem, was sie wollen, auch zwischen Komfort und Luxus. Komfort macht ihr Leben angenehmer und bequemer. Luxus hingegen ist vollkommen überflüssig, kann aber trotzdem Freude machen. Frugalistinnen würden im-

mer Geld für Dinge ausgeben, die sie *brauchen*. Bei allem, was sie *wollen*, sind sie sehr bedacht. Luxus gönnen sie sich sehr selten und nur dann, wenn sie wissen, sie werden sich lange daran erfreuen. Beim Komfort wägen sie ab, ob eine unbequemere, aber dafür günstigere Alternative genauso gut wie die komfortable teurere ist.

Wir Menschen neigen zu Bequemlichkeit. Du hast bestimmt auch schon einmal Bekanntschaft mit deinem inneren Schweinehund gemacht, der will, dass du am Wandertag in deinem kuscheligen Bettchen liegen bleibst, statt frühmorgens mit deiner Klasse zu einer schweißtreibenden Wanderung aufzubrechen. Dann weißt du aber auch, wie toll es sich anfühlt, wenn du dich trotzdem aufgerafft hast. Du hast dadurch etwas Tolles erlebt und dein Körper fühlt sich angenehm ausgepowert an. Zudem bist du stolz darauf, dass du die Herausforderung angenommen und bestanden hast. Die Komfortzone zu verlassen, macht uns oft im Nachhinein sehr glücklich und wir erinnern uns gern daran. Frugalistinnen wissen deshalb, dass es sich oft nicht nur finanziell lohnt, den unbequemeren Weg zu gehen. Und wenn sie sich dann mal Komfort gönnen, genießen sie ihn umso mehr.

Etta beispielsweise liebt Reisen. Auch als Frugalistin gibt sie dafür Geld aus. Aber sie wohnt auf ihren Reisen nicht im Hotel, sondern zeltet oder mietet sich in der Jugendherberge ein. Dabei lernt sie ganz nebenbei auch immer nette Leute kennen. Nicht selten kommen diese aus der ganzen Welt. Und wenn Etta ihre neuen Freundinnen dann irgendwann einmal in deren

Heimat besucht, muss sie vor Ort gar kein Geld für eine Unterkunft ausgeben. Sie schläft bei ihren Freundinnen. Bevor Etta im Urlaub essen geht, recherchiert sie gut, wo es landestypisches, aber günstiges Essen gibt. Oft entdeckt sie so kleine Lokale in Nebenstraßen, die viel besseres Essen als die Touri-Fallen auf den Boulevards servieren. Sie gibt auch kein Geld für Souvenirs oder Mitbringsel aus. Stattdessen kocht sie zu Hause neue Gerichte, die sie auf ihren Reisen kennengelernt hat, für Freundinnen und Familie nach.

Im Kapitel *Schlau konsumieren* hast du bereits einige Tricks kennengelernt, mit denen du kurzfristigen Versuchungen widerstehst und stattdessen nur noch Dinge kaufst, die du wirklich brauchst oder die dir ehrlich und lange Freude bereiten. So wirfst du dein Geld nicht für Plunder aus dem Fenster und es gelingt dir, für deinen Traum zu sparen. Aber die Frugalistinnen haben noch ein paar mehr Tricks auf Lager, mit denen sich Geld sparen lässt.

1. Wenn du mehr Geld bekommst oder verdienst, erhöhe deine Sparrate, nicht deine Ausgaben.

2. Schließe so wenige Abos wie möglich ab, um nicht verpflichtet zu sein, jeden Monat Geld für etwas auszugeben, was du vielleicht gar nicht nutzt. Stelle dir außerdem für jedes deiner Abos, zum Beispiel für Smartphone, Streaming oder Gym, eine automatische Erinnerung kurz vor Ablauf der Kündigungsfrist ein und suche dann nach günstigeren Alternativen. Oft findest du nach wenigen Monaten bereits ein günstigeres Angebot für dieselbe Leistung. Die Recherche

und die Kündigung eines Abos sowie der Wechsel zu einem neuen Anbieter nehmen zwar etwas Zeit in Anspruch. Dafür sparst du danach jeden Monat Geld.

3. Versuche, deine Ziele anders zu erreichen beziehungsweise Probleme anders zu lösen als mit Geld. Sei kreativ, improvisiere, lerne, etwas selbst zu machen oder zu reparieren. Das erweitert deinen Horizont, du lernst dabei etwas Neues und hast ein Erfolgserlebnis. Vielleicht triffst du auf diese Weise sogar neue Leute. Benutze das Fahrrad oder gehe zu Fuß, statt mit den Öffis zu fahren. Damit sparst du nicht nur das Geld für die Fahrkarte, sondern hältst dich auch noch zum Nulltarif fit. Du erinnerst dich: Der unbequeme Weg lohnt sich oft nicht nur finanziell.

4. Verkaufe Dinge, die du nicht brauchst und die dein Leben nicht wirklich bereichern, weiter. Kennst du zum Beispiel schon den Kleiderbügel-Trick? Hänge alle Kleider auf ihren Bügeln falsch herum in deinen Kleiderschrank. Nachdem du ein Kleidungsstück getragen hast, darfst du es wieder richtig herum in den Kleiderschrank hängen. Alle Kleider, die nach einem Jahr immer noch falsch herum im Schrank hängen, kannst du getrost aussortieren.

5. Wenn du schon einen Job hast, rechne deine Ausgaben in Lebenszeit um: Wie lange musst du arbeiten, um dir das neue Videospiel kaufen zu können? Lohnt sich das für dich?

6. Hinterfrage deine Gewohnheiten und ändere sie. Du holst dir jeden Morgen auf dem Weg zur Schule einen Coffee to go? Du vertilgst jeden Abend eine Tafel Schokolade vorm Fernseher? Am Wochenende hängst du immer mit deinem Freund in einem Café rum und ihr trinkt eine heiße Schoki nach der anderen? Du rauchst vielleicht sogar? Nach der Tennisstunde kommst du nie am Fastfood-Imbiss vorbei, ohne dir eine Portion Pommes einzuverleiben? Gewohnheiten können eine Menge Geld verschlingen – und uns auch gesundheitlich schaden. Überlege, welche Gewohnheiten dir eigentlich nicht gut tun und ändere sie. Dabei kannst du klein anfangen und dich zunächst nur jedes zweite Mal gegen deine schlechte Gewohnheit entscheiden. Ersetze sie mit einer neuen, guten Gewohnheit. Mache morgens zu Hause eine schnelle Runde Yoga, statt dich beim Bäcker für einen Coffee to go anzustellen. Du wirst sehen, das ist nicht nur billiger, sondern macht auch langfristiger wach.

Minimalistinnen unterscheiden sich von Frugalistinnen darin, dass ihr Ziel nicht ist, Geld zu sparen, um ein Vermögen aufbauen und davon leben zu können. Ihnen geht es darum, einen einfachen und bescheidenen Lebensstil zu pflegen, um sich mehr auf das Wesentliche zu konzentrieren – ganz nach dem Motto: *»Weniger ist mehr!«* Sie suchen Ruhe und Einfachheit in dieser lauten und komplexen Welt. Dafür trennen sie sich von allem Überflüssigen und lernen so das wenige Notwendige, was sie brauchen, wieder mehr schätzen. Außerdem gewinnen sie Zeit, weil sie weniger aufräumen und putzen sowie weniger Geld verdienen müssen, um zu konsumieren. Die gewonnene Zeit nutzen sie für die Menschen und Aktivitäten, die ihnen Freude machen. Viele Minimalistinnen berichten, dass es ihnen leichter gefallen ist, zu erkennen, was in ihrem Leben wirklich wichtig ist, je weniger sie besessen haben. Du kennst das: Manchmal sieht man den Wald vor lauter Bäumen nicht.

Wenn du Lust hast, Minimalismus auszuprobieren, könntest du jeden Tag ein Ding aussortieren, das du nicht mehr brauchst oder das dir keine Freude bereitet. Stelle eine Kiste bereit, in die all die aussortierten Dinge kommen. Leere die Kiste ein Mal pro Monat aus. Du kannst die Dinge darin verkaufen, recyceln oder spenden. Wichtig ist, dass du das Aussortierte nicht durch neuen Kram ersetzt. Wenn du ein bisschen radikaler bist und Lust auf ein Abenteuer hast, kannst du all deine Sachen – von der Zahnbürste bis zum Reiserucksack – in Kartons verpacken, wie für einen Umzug. Beschrifte die Kartons sorgfältig. Im Laufe eines Monats packst du nur die Dinge aus, die du gerade benutzen möchtest. Den größten Teil dessen, der dann noch in den Kisten ist, kannst du dauerhaft aussortieren.

Frugalistinnen und Minimalistinnen sparen aber nicht nur wahnsinnig viel Geld, sondern sie lernen auch, ein erfülltes und glückliches Leben zu führen. Sie finden heraus, was ihnen wirklich Freude bereitet und sorgen dafür, dass sie genug Zeit (und Geld) dafür haben. Sie erleben Abenteuer, lernen dazu und erreichen erstaunliche Dinge aus eigener Kraft, wenn sie nicht den bequemsten (und oft teuersten) Weg wählen, sondern nach günstigen Lösungen

suchen. Sie fühlen sich frei, weil sie sich nicht durch ihre Konsum-Wünsche zu einer Arbeit, die ihnen keinen Spaß macht, versklaven lassen. Geld sparen und dabei glücklicher werden klingt ziemlich gut, oder?

Aber das Leben als Frugalistin oder Minimalistin hat noch mehr Vorteile: Weniger Konsum tut unserem Planeten enorm gut. Würden alle so viel Konsumieren wie wir hierzulande, bräuchten wir fünf Planeten Erde, denn unser Konsum verschlingt fünf Mal so viele Ressourcen, wie auf natürlichem Weg nachwachsen können. Und wofür? Genau, du erinnerst dich: für den Müll. Erst beuten wir die Erde aus und dann vermüllen wir sie. Außerdem arbeiten viele Menschen – sogar Kinder – für sehr geringen Lohn und unter schlechten Bedingungen, um die Dinge herzustellen, die wir in Massen günstig kaufen: Elektronik, Kleidung, Lebensmittel. Fakt ist: Wenn wir uns eine schöne Zukunft für alle Menschen auf diesem Planeten wünschen, müssen wir weniger konsumieren. Wie das geht – und wie es uns ganz nebenbei auch noch glücklicher und wohlhabender macht – können wir von den Frugalistinnen und Minimalistinnen lernen.

WAS, WENN ...

... du beschlossen hast, auf manches zu verzichten, um mehr Geld zu sparen, der Verzicht dir aber schwerfällt? Schalte einen Gang zurück. Vielleicht bist du zu radikal vorgegangen. Erlaube dir, deinen Versuchungen ab und zu nachzugeben. Wenn du nur noch eine statt drei heiße

Schokoladen pro Café-Besuch bestellst, sparst du auch schon sehr viel Geld, musst aber nicht komplett verzichten und wirst die eine heiße Schoki vermutlich sehr genießen. Außerdem kannst du dir ein Zwischenziel setzen. Du sparst auf ein Auslandsjahr? Feiere auch die Zwischenetappen deines Sparmarathons und gönne dir auf der Hälfte etwas, um dich für deine Disziplin zu belohnen.

Nur Bares ist Wahres!?

Vielleicht hast du den Spruch »Nur Bares ist Wahres!« schon einmal gehört. Damit meinen Leute, dass ihnen Bargeld lieber ist als bargeldlose Zahlungsmittel, weil die Bezahlung sofort stattfindet und von Käuferin und Verkäufer in diesem Moment überprüft werden kann. Bargeld ist ein zuverlässiges Zahlungsmittel – vorausgesetzt, es handelt sich nicht um Falschgeld.

Trotzdem wird heutzutage häufig mit bargeldlosen Zahlungsmitteln wie Kredit- und Girocards, Schecks, Überweisungen, dem Smartphone, Online-Bezahlsystemen und digitalen Währungen bezahlt. Auch sie haben nämlich viele Vorteile. Zum Beispiel musst du nicht erst Bargeld abheben, um etwas zu bezahlen.

Besonders beliebt sind digitale Zahlungsmöglichkeiten. Viele davon kann man direkt als App aufs Handy laden und hat sie so unkompliziert immer dabei. Dies gilt zum Beispiel für **Online-Bezahlsysteme** wie PayPal oder paydirect. Du richtest dir zum Bezahlen bei dem jeweiligen Anbieter ein Benutzerkonto ein, in dem die wichtigsten Angaben zu dir und deinem Girokonto gespeichert sind. Das Ganze wird durch deinen Benutzernamen und ein Passwort geschützt. Wenn du mit dem Online-System dann Geld sendest oder empfängst, sieht dein Gegenüber – also dein Kunde oder die Händlerin – nur

deinen Namen, aber keine Details über dein Girokonto. Das gilt als besonders sicher. Über die hinterlegte Verbindung zu deinem Girokonto wird dir das empfangene Geld gutgeschrieben beziehungsweise das gesendete Geld abgezogen.

Außerdem gibt es Apps, die es dir ermöglichen, direkt mit deinem Smartphone an der Kasse zu bezahlen. Durch die App verknüpfst du dein Smartphone mit deinem Girokonto. Beim Bezahlen hältst du dein Smartphone dann entweder an ein Bezahlterminal oder du scannst einen QR-Code, den die Bezahl-App deines Smartphones anzeigt. Der gezahlte Betrag wird dann von deinem Girokonto abgezogen.

Eine andere digitale Bezahlmethode sind Überweisungen. Die kennst du bereits aus dem Kapitel *Sparschwein oder Bankkonto?* Beispielsweise kann dir deine Chefin, wenn sie deinen Namen und deine IBAN kennt, digital dein Gehalt schicken und es landet auf deinem Konto. Umgekehrt kannst du mit Überweisungen Einkäufe im Internet bezahlen.

Als es das Internet noch nicht gab, waren **Schecks** ein beliebtes bargeldloses Zahlungsmittel. Ein Scheck ist ein Blatt Papier, auf dem eine Person ihrer Bank die Anweisung gibt, einer anderen Person einen bestimmten Geldbetrag auszuzahlen.

Angenommen, Leila kauft Simone ihr gebrauchtes SUP-Board ab und bezahlt mit einem Scheck. Dann steht darauf, dass Leilas Bank Simone siebzig Euro für ihr gebrauchtes Board auszahlen soll. Simone kann den Scheck dann bei ihrer Bank abgeben und erhält dafür siebzig Euro auf ihr Girokonto oder in bar. Simones

Bank holt sich das Geld dann von Leilas Bank wieder und Leilas Bank wiederum zieht die siebzig Euro von Leilas Girokonto ab. Wenn aber Leila gar keine siebzig Euro auf ihrem Konto hat, hat Simone zwar den Scheck, aber er ist »nicht gedeckt«. Das heißt, sie bekommt dafür kein Geld, weil Leila ja gar kein Geld hat. Bis Simone das bemerkt, ist Leila aber über alle Berge. Schecks sind also ziemlich kompliziert und auch recht unsicher. Kein Wunder also, dass sie heute so gut wie gar nicht mehr benutzt werden.

Es gibt auch ganze Währungen, die komplett digital funktionieren. Diese werden als Kryptowährungen bezeichnet. Die erste digitale Währung ist der Bitcoin gewesen, der 2009 erfunden wurde. Seitdem wurden tausende weitere Kryptowährungen entwickelt. Was es damit genau auf sich hat, erfährst du im Kapitel Kryptowährungen.

Kommen wir zu Kredit- und **Debitkarten**. »Debit« ist Englisch und bedeutet »Belastung«. Beträge, die du mit einer Debitkarte, wie zum Beispiel deiner Girocard bezahlst, werden direkt von deinem Girokonto abgezogen. Dein Girokonto wird *sofort* »belastet«. Eine Kreditkarte funktioniert etwas anders. Tatsächlich gibt es sogar mehrere verschiedene Arten von Kreditkarten: die Charge

Kreditkarte, die Revolving Kreditkarte und die Prepaid Kreditkarte.

Du hast bereits im Kapitel *Sparschwein oder Bankkonto?* über Debit- und Kreditkarten gelesen. Es sind Plastikkarten mit einem kleinen Metallchip, auf dem alle Informationen zu deinem Girokonto bei der Bank gespeichert sind. Um mit einer Karte zu bezahlen, musst du sie an der Kasse im Geschäft an das Bezahlterminal halten oder dort hineinstecken. Je nachdem, wie hoch der Betrag ist, den du damit bezahlen möchtest, musst du eventuell noch deine PIN eingeben oder unterschreiben. Du kannst mit deinen Karten aber auch im Online-Shop bezahlen. Dafür musst du deinen Namen, die Kartennummer oder IBAN und bei der Kreditkarte noch das Ablaufdatum und die Sicherheitsnummer angeben.

Kreditkarten heißen so, weil du mit ihnen kurzzeitig einen Kredit aufnimmst, dir also Geld leihst. Du kannst dir also etwas kaufen, selbst wenn du das nötige Geld momentan gar nicht auf deinem Konto hast. Wie viel du dir maximal leihen kannst, ist festgelegt: Deine Kreditkarte hat einen **Verfügungsrahmen**. Innerhalb dessen darfst du Geld mit der Kreditkarte ausgeben. Wie genau das funktioniert und wie du das geliehene Geld der Bank zurückzahlst, unterscheidet sich je nach Kreditkartentyp.

Bei einer **Charge Kreditkarte** werden alle Einkäufe, die du mit der Karte bezahlst, über einen Monat hinweg gesammelt und erst am Ende des Monats zusammengerechnet. Die Summe wird dann auf einmal von deinem Girokonto eingezogen. Du zahlst also den gesamten Kredit auf einen Schlag zurück.

Bei einer **Revolving Kreditkarte** kaufst du ebenfalls auf

Pump ein, musst dann aber nicht alles auf einmal zurückzahlen, sondern kannst jeden Monat ein kleines Bisschen zurückzahlen. Angenommen, dein Verfügungsrahmen beträgt tausend Euro: Wenn du im Januar für vierhundert Euro einkaufst, hast du noch sechshundert Euro Budget, für das du weiter einkaufen dürftest. Am Ende des Monats zahlst du nur hundert Euro an die Bank zurück. Dann hast du noch dreihundert Euro Kreditschulden bei der Bank. Trotzdem erlaubt sie dir, im Februar für weitere siebenhundert Euro einzukaufen, weil dein Verfügungsrahmen weiterhin bei tausend Euro liegt.

Prepaid Kreditkarten funktionieren ganz anders: Du musst zunächst Geld einzahlen, um dann mit der Kreditkarte bezahlen zu können. Das bedeutet, du leihst dir gar kein Geld bei der Bank, wenn du mit deiner Prepaid Kreditkarte bezahlst, sondern gibst aus, was du selbst vorher auf die Karte eingezahlt hast. Das hat den Vorteil, dass du nicht mehr ausgibst als du hast. So verhinderst du, dass du Schulden machst, die du dann nicht zurückzahlen kannst.

Der große Vorteil von Kreditkarten ist, dass du damit tatsächlich fast überall auf der Welt bezahlen kannst. Menschen, die viel auf Reisen sind, können deswegen auf eine Kreditkarte kaum verzichten. Davon abgesehen gibt es sogar Firmen, bei denen du ausschließlich mit einer Kreditkarte zahlen kannst, wie manche Mietwagenanbieter oder Fluglinien. Wer keine Kreditkarte hat, kann dort nicht buchen. Allerdings kosten Kreditkarten fast immer etwas. Oft musst du eine kleine Jahresgebühr für sie bezahlen oder du musst beim Geldabheben oder im Online-Shop zusätzliche Gebühren für die Nutzung deiner Kreditkarte zahlen. Dafür bringen Kreditkarten manchmal zusätzliche Leistungen mit, etwa Reiseversicherungen oder Versicherungen gegen Diebstahl der Karte.

Shoppen bis die Karte glüht, aber erst in einem Monat dafür bezahlen. Klingt verlockend, oder? Wenn du deinen Kredit aber nicht innerhalb eines Monats zurückzahlen kannst, kommt dich das teuer zu stehen. Dann fordert die Bank hohe Zinsen von dir. Wenn du also für achthundert Euro ein Tablet mit deiner Kreditkarte gekauft hast, das Geld aber nach einem Monat nicht an deine Bank zurückzahlen kannst, berechnet sie dir zur Strafe Zinsen, sagen wir zwanzig Prozent. Statt der achthundert Euro schuldest du der Bank dann plötzlich achthundert Euro plus zwanzig Prozent, also 960 Euro. Wenn du mit der Kreditkarte etwas kaufst, das du dir eigentlich nicht leisten kannst, musst du dafür am Ende also sogar einen noch höheren Preis bezahlen. Du kannst dir denken, wohin das im schlimmsten Fall führt: Zu einem riesigen Schuldenberg. Es gibt leider sehr viele Menschen, die immer wieder mit der Kreditkarte einkaufen und dann am Ende des Monats nichts oder nur wenig an die Bank zurückzahlen können. Jeden Monat kommen dann Zinsen hinzu. Am Ende sind die Zinsen manchmal sogar höher als die Summe der eigentlichen Einkäufe. Verrückt oder?

Auch bei anderen bargeldlosen Zahlungsmethoden droht die Gefahr, mehr Geld auszugeben als du willst oder hast, denn im Vergleich zu dem Bezahlen mit Scheinen und

Münzen siehst du dabei nicht, wie das Geld in deinem Portemonnaie weniger wird. Deswegen ist es ratsam, erst einmal so viel wie möglich mit Bargeld zu bezahlen, um ein Gefühl dafür zu bekommen, wie viel Geld du hast und wie es auch durch kleine Beträge schnell weniger wird. Wenn du also erst anfängst, mit deinem eigenen Geld einzukaufen, lass dir gesagt sein: »Nur Bares ist Wahres!«

Anders herum besteht auch für einen Händler die Gefahr, dass der Scheck, den er als Bezahlung erhält, nicht gedeckt ist, dass eine Überweisung zurückgebucht oder eine Bezahlung per PayPal zurückgefordert wird. Wenn er hingegen in bar bezahlt wird, erhält er sein Geld sicher, und zwar sofort. Also gilt auch hier der Spruch »Nur Bares ist Wahres!«

Allerdings wird der Spruch bald Vergangenheit sein, denn die Zukunft – und damit auch die Zukunft des Bezahlens – ist digital. Wir kaufen mehr online ein, alles muss immer schneller und unkomplizierter gehen, wir wollen innerhalb von Sekunden Geld um den halben Globus schicken. All das geht mit Bargeld nicht. Deshalb diskutieren einige Länder bereits, Bargeld abzuschaffen. In manchen ist es schon so weit, dass die Menschen dort eigentlich überall bargeldlos bezahlen können.

Es wäre also Quatsch, immer nur mit Bargeld bezahlen zu wollen. Mach es eine Weile als Übung, um ein gutes Gefühl für deine Ausgaben zu bekommen. Wenn du dann mehr oder nur noch bargeldlos bezahlst, helfen dir Apps wie zum Beispiel Finanzguru oder Money Manager, einen Überblick über dein Geld zu behalten. Manche dieser Apps sind sogar mit deinem Girokonto verknüpft und merken sich, wie viel Geld du jeden Monat zur Verfügung hast, zum Beispiel durch Taschengeld und Gehalt. Sie zeigen dir an, wie viel du davon noch ausgeben kannst und auch, wie viel du wofür ausgegeben hast. Diese Apps sind wie eine Art mitdenkendes Haushaltsbuch.

TEIL 5

Next Level: Finanzielle Sicherheit. Wie du immer (mehr als) genug Geld hast

Finanzielle Sicherheit

Von finanzieller Unabhängigkeit hast du bereits in dem Kapitel über Frugalismus und Minimalismus gelesen. Du erinnerst dich: Finanziell unabhängig ist jemand, der nicht mehr arbeiten muss und trotzdem genug Geld hat oder verdient. Du kannst dir das wie die Rente bei deinen Großeltern vorstellen. Sie erhalten jeden Monat Geld, müssen aber nicht mehr dafür zur Arbeit gehen.

Bis es so weit ist, vergehen bei den meisten Menschen einige Jahrzehnte. Manche erreichen die finanzielle Unabhängigkeit aber auch schneller: etwa die sparsam lebenden Frugalistinnen, Menschen, die Geld geerbt haben, oder jene, die sehr viel verdienen. Bis du die finanzielle Unabhängigkeit erreichst, solltest du dich darum kümmern, in finanzieller Sicherheit zu leben.

Was als finanzielle Sicherheit empfunden wird, ist von Mensch zu Mensch sehr unterschiedlich. Manche brauchen zweitausend Euro auf dem Sparkonto, um sich sicher zu fühlen, andere zweihunderttausend Euro. Unabhängig von diesem persönlichen Empfinden kann man aber sagen, dass man von finanzieller Sicherheit sprechen kann, wenn …

… die Grundbedürfnisse gedeckt werden können: Essen, Trinken, Schlafen, Wohnen und Kleidung.

… Freizeitgestaltung möglich ist: Sport, Kultur und Reisen.

… es ein ausreichend großes finanzielles Polster für Notsituationen gibt: Arbeitslosigkeit, Krankheit oder kaputtes Auto.

… das Leben durch die wichtigsten Versicherungen geschützt ist: Kranken-, Renten-, Arbeitslosen-, Pflege-, Berufsunfähigkeits- und Haftpflichtversicherung.

Es kann ziemlich einschüchternd sein, so auf das Leben zu schauen. Plötzlich wird dir bewusst, was alles passieren kann und wofür du vielleicht eines Tages mal eine größere Geldsumme benötigst. Vielen Menschen macht das Angst und sie stecken lieber den Kopf in den Sand, als sich damit zu beschäftigen. Aber mit dem richtigen Plan ist das alles überhaupt kein Problem. In den folgenden Kapiteln lernst du, wie du Schritt für Schritt dafür sorgen kannst, dass du in finanzieller Sicherheit lebst.

Aber erst mal: Relax! Solange du noch zur Schule gehst, eine Ausbildung oder ein Studium durchläufst, kümmern sich deine Eltern um deine finanzielle Sicherheit. Und wenn deine Eltern dich in der Ausbildung oder im Studium zwar gern finanziell unterstützen würden, es sich aber nicht leisten können, springt der Staat ein. Du siehst also: Du kannst die Zeit nutzen, um einerseits eine tolle Ausbildung oder ein spannendes Studium zu genießen und dich andererseits auf die Zeit danach vorzubereiten, wenn du ganz allein für deinen Lebensunterhalt verantwortlich bist. In der Schule sind wir oft genervt vom Lernen, aber eigentlich ist es ziemlich luxuriös, fürs Büffeln bezahlt zu werden. Schließlich lernst du ja nicht für andere, sondern für dich selbst. So gesehen ist Bildung ein Geschenk: deiner Eltern, des Staates und von dir an dich selbst. Klingt nach einem ziemlich guten Deal, oder?

Vorerst ist es also deine wichtigste Aufgabe zu lernen, Erfahrungen in Nebenjobs, Praktika oder mit einem eigenen kleinen Unternehmen zu sammeln und so herauszufinden, womit du langfristig dein Geld verdienen möchtest. Ein regelmäßiges und ausreichend hohes Einkommen ist nämlich der erste Schritt auf deinem Weg zur finanziellen Sicherheit. Einkommen kannst du aber nicht nur aus deiner Arbeit erhalten, sondern auch aus Geldanlagen. Man unterscheidet deswegen zwischen dem **aktiven Einkommen** aus einer Berufstätigkeit und dem **passiven Einkommen** aus Geldanlagen. Wie du ein aktives Einkommen erwirtschaftest, hast du bereits gelernt. Wie du ein passives Einkommen erzielen kannst, lernst du im Kapitel *Börse und Aktien*.

Der zweite Schritt auf dem Weg in die finanzielle Sicherheit sind Versicherungen. Bei manchen lohnt es sich, diese so früh wie möglich abzuschließen, weil du sie als Jugendliche einfacher und günstiger bekommen kannst. Einen Überblick über die wichtigsten Versicherungen für dich erhältst du im Kapitel *Versicherungen*.

Der dritte Schritt auf deinem Weg in die finanzielle Sicherheit und später auch in die finanzielle Unabhängigkeit ist der Aufbau eines Vermögens. Wie das gelingt, lernst du im Kapitel *Vermögensaufbau.* Dank eines dicken Vermögens kannst du dann mit siebzig getrost in Rente gehen … oder vielleicht sogar schon mit vierzig? Wenn du bereits heute anfängst, ein Vermögen aufzubauen, ist es gar nicht so unwahrscheinlich, dass du mit Vierzig finanziell unabhängig bist. Na, klingt das verlockend?

Versicherungen

Stell dir vor, du stehst morgens auf und stolperst über deine vor dem Bett stehenden Schuhe. Du knickst dabei mit dem Fuß um und dein Handy fällt dir aus der Hand. Es schlägt auf den Boden auf und das Display ist kaputt. Doch damit nicht genug: Bei dem Versuch, das Gleichgewicht wiederzuerlangen, bist du auf die Sonnenbrille deiner Schwester getreten. Du hattest sie dir ausgeliehen, aber unachtsam auf dem Boden liegen lassen. Jetzt ist sie zerbrochen. Oh je!

Ohne Versicherung müsstest du nun die Ärztin bezahlen, die deinen Fuß untersucht und behandelt, die Salbe, die sie dir verschreibt, ein neues Handy-Display und eine neue Sonnenbrille für deine Schwester. Im Nu wärest du so sehr, sehr viel Geld los. Aber so ist das Leben: Es passieren Missgeschicke, Menschen werden krank, es geschehen Unfälle. Weil die Schäden oder Kosten, die dadurch entstehen, schnell größer sein können, als ein einzelner Mensch wiedergutmachen oder bezahlen kann, gibt es Versicherungen. In unserem Beispiel würde eine Krankenversicherung die Kosten für Behandlung und Medikament, eine Handyversicherung den Preis eines neuen Displays und eine Haftpflichtversicherung den Kaufpreis der Sonnenbrille übernehmen.

Eine Versicherung ist eine Vereinbarung zwischen dir und einer Versicherungsgesellschaft. Du zahlst der Versicherungsgesellschaft regelmäßig einen bestimmten Betrag und sie sichert dir im Gegenzug dafür zu, bestimmte Kosten zu übernehmen oder eine bestimmte Summe zu zahlen, wenn ein besonderer Fall eintritt, beispielsweise, wenn du krank wirst, etwas kaputt oder verloren geht. Es gibt gesetzliche und private Versicherungen. Erstere sind für bestimmte Menschen, zum Beispiel Arbeitnehmerinnen oder Autofahrer Pflicht. Bei Letzteren kannst du dich freiwillig versichern, wenn dir etwas besonders wichtig ist oder du es für wahrscheinlich hältst, dass ein bestimmter Fall im Laufe deines Lebens eintritt, etwa, dass dein Fahrrad gestohlen wird.

Es gibt praktisch nichts, was du nicht versichern kannst: dein Unternehmen, deine Gesundheit, deine Arbeitskraft, dein Auto, Reisegepäck oder deine Brille. Kim Kardashian hat ihren Po, Julia Roberts ihr Lächeln und Christiano Ronaldo seine Beine versichert. Ganz schön schräg? Nun, es kommt darauf an. Für Christiano Ronaldo wäre seine Karriere vorbei, wenn seine Beine wegen einer Verletzung oder Krankheit ihn im Kampf um den Fußball im Stich ließen. Julia Roberts fürchtet anscheinend ebenfalls das Ende ihrer Leinwandkarriere, wenn ihr Lächeln schief würde.

Es ist sinnvoll, Dinge, die für uns besonders wichtig, und Fälle, die besonders wahrscheinlich sind, zu versichern. Was das genau ist – siehe Kardashian & Co. – kann individuell sehr unterschiedlich sein. Aber es gibt ein paar Versicherungen, die wirklich jeder abschließen sollte. Welche das sind, erfährst du im Folgenden.

»Gesundheit ist nicht alles, aber ohne Gesundheit ist alles nichts«, hat der Philosoph Arthur Schopenhauer einmal gesagt. Recht hat er! Deshalb ist die **Krankenversicherung** die wichtigste Versicherung. Sie übernimmt die Kosten für Behandlungen und Medikamente, wenn du krank bist. In Deutschland ist es sogar Pflicht, sich bei einer Krankenkasse zu versichern. Kinder und junge Erwachsene bis 23 in Ausbildung (dazu zählt auch das Studium) sind über ihre Eltern mitversichert. Ab deinem 24. Lebensjahr musst du dich dann selbst krankenversichern. Dafür kannst du zwischen einer gesetzlichen und einer privaten Krankenversicherung wählen. Während die gesetzliche Krankenkasse nur absolut notwendige Behandlungen, Untersuchungen und Medikamente übernimmt, zahlt die private Krankenkasse dir auch ein paar Extras. Dafür ist sie aber auch viel teurer. Für die meisten Menschen ist daher die gesetzliche Krankenversicherung die beste Wahl. Bestimmte Extras kann man nach Belieben durch zusätzliche Sonderversicherungen wie beispielsweise die Zahnzusatzversicherung etc. absichern.

Übrigens zahlt die Krankenversicherung nicht, wenn du auf Reisen krank wirst. Dann brauchst du eine **Auslands-**

reisekrankenversicherung. Wenn du also eine Globetrotterin bist, ist eine Auslandsreisekrankenversicherung für dich sicher sinnvoll. Diese kannst du aber auch für einen bestimmten Zeitraum – also beispielsweise nur für eine einzige Reise – abschließen.

Die **private Haftpflichtversicherung** springt ein, wenn du einen Schaden an dem Eigentum oder Körper von jemand anderem verursacht hast. Das kann ein kleines Malheur sein, wie die zerbrochene Sonnenbrille deiner Schwester, aber auch eine ausgelaufene Waschmaschine, die die komplette Mietwohnung unter Wasser setzt. Da können schnell Kosten entstehen, die du nicht bezahlen kannst. Deshalb ist eine Haftpflichtversicherung sehr wichtig. Frag mal deine Eltern: Bestimmt haben sie schon eine für dich abgeschlossen.

Die **Rentenversicherung** ist dazu da, dir im Alter jeden Monat Geld zum Leben auszuzahlen. Für Arbeitnehmerinnen und Arbeitnehmer ist es Pflicht, in die gesetzliche Rentenversicherung einzuzahlen. Ein bestimmter Teil ihres Lohns geht automatisch jeden Monat in die Rentenkasse des Staates. Der zahlt dann davon denen, die zu alt zum Arbeiten sind, eine Rente. Weil aber immer weniger Kinder geboren werden und deshalb immer weniger Menschen in die Rentenkasse einzahlen, es aber gleichzeitig sehr viele Rentner und Rentnerinnen gibt, ist schon heute klar, dass die gesetzliche Rente für die meisten Menschen nicht ausreichen wird. Deshalb solltest du zusätzlich zur gesetzlichen Rentenversicherung auch in eine private Rentenversicherung einzahlen oder dir ein Vermögen aufbauen, von dem du dann im Alter leben kannst. Unternehmerinnen und Freiberufler sind sowieso nicht gesetzlich rentenversichert. Auch sie können sich privat rentenversichern oder mit dem Aufbau eines Vermögens fürs Alter vorsorgen. Wie das geht, erfährst du im folgenden Kapitel.

Jetzt schon an die Rente denken? Es erscheint dir sicher wahnsinnig lange, bis du einmal so alt sein wirst, wie deine Großeltern. Und du hast recht du hast noch viel Zeit bis dahin. Aber genau das ist ein riesiger Vorteil, wenn es darum geht, ein Vermögen aufzubauen. Wenn du Geld investierst und dabei ein paar Grundsätze beachtest, wird es über einen langen Zeitraum zu einer großen Menge anwachsen – selbst, wenn du mit einem kleinen Betrag anfängst.

Du kannst dir das wie einen Schneeball vorstellen, den du einen Hügel herabrollen lässt. Am Anfang ist er noch sehr klein, aber je länger er hinunterrollt, desto mehr Schnee bleibt an ihm kleben und desto größer wird er. Wenn er unten angekommen ist, ist er riesig groß. Je länger der Weg, desto größer ist der Schneeball. Wenn der Weg aber nur kurz ist, muss die Schneekugel am Anfang bereits deutlich größer sein, damit sie am Ende genauso mächtig wird.

Ganz ähnlich funktioniert es mit Investitionen. Du musst einfach warten, bis sie zu einem großen Vermögen gewachsen sind. Je früher du damit anfängst, desto geringer kann deine Investition sein, um am Ende trotzdem ein ordentliches Vermögen zu bilden. Möglich wird das durch den Zinseszinseffekt, den du im Kapitel Vermögensaufbau kennenlernst. Wenn du also heute schon anfängst, für deine Rente Geld zu sparen und zu investieren, wirst du ohne großen Stress im Alter in finanzieller Unabhängigkeit leben können. Und wer weiß: Vielleicht gelingt es dir ja schon früher und du kannst in Rente gehen, wenn andere noch jeden Tag arbeiten müssen!

Die **Arbeitslosenversicherung** schützt dich, wenn du deine Arbeit verlierst. Menschen, die angestellt sind, zahlen automatisch in die staatliche Arbeitslosenversicherung ein. Freiberuflerinnen und Unternehmer können das freiwillig tun. Wer in die Arbeitslosenversicherung eingezahlt hat, erhält Arbeitslosengeld, wenn er gerade keine Arbeit hat und deswegen nichts verdienen kann. Wie viel und wie lange die Versicherung zahlt, hängt davon ab, wie alt du bist, wie viel du vorher verdient und wie lange du in die Versicherung eingezahlt hast.

Und was ist, wenn du eines Tages nicht mehr arbeiten kannst, weil du dauerhaft krank bist? Das passiert leider einem Viertel aller Menschen. Sie können keine Fliesen mehr verlegen, weil ihre Knie kaputt sind, nicht mehr am Schreibtisch sitzen, weil ihr Rücken zu sehr schmerzt oder nicht mehr musizieren, weil sie schlecht hören. Für den Fall gibt es eine **Berufsunfähigkeitsversicherung**. Diese Versicherung ist sehr wichtig, aber nicht so leicht zu bekommen. Je öfter und schwerer du schon krank warst, je risikoreicher dein Beruf, und je älter du bist, desto schwieriger wird es, die Versicherung abzuschließen. Es lohnt sich deshalb, so früh wie möglich einen Antrag zu stellen. Es klingt kurios, aber deine Eltern können bereits eine Berufsunfähigkeitsversicherung für dich abschließen, wenn du noch ein Kind bist und gar nicht weißt, welchen Beruf du einmal ergreifen willst. Solange du nichts verdienst, können sie die Beiträge für dich zahlen. Wenn du dann alt genug bist, übernimmst du sie. Am besten, du fragst gleich mal deine Eltern, was sie davon halten.

Nun kennst du die wichtigsten Versicherungen, die alle Menschen haben sollten. Zusätzlich kann es verpflichtend oder sinnvoll sein, weitere Versicherungen abzuschließen, etwa eine Kfz-Haftpflichtversicherung, wenn du ein eigenes Auto hast, eine Wohngebäudeversicherung, wenn du Immobilien besitzt oder eine Versicherung für Krankentagegeld, wenn du dein Einkommen als Selbstständige oder Freiberuflerin verdienst.

Um herauszufinden, welche Versicherungen für dich persönlich verpflichtend und sinnvoll sind, kannst du dich im Internet und in Büchern informieren oder dich beraten lassen. Die Verbraucherzentralen bieten günstige Beratungen an. Dort erhältst du einen guten Überblick. Um dich zwischen einzelnen Versicherungsgesellschaften und Tarifen zu entscheiden, kann es hilfreich sein, einen Blick auf die Ergebnisse der Stiftung Warentest zu werfen.

Wenn es dann ans Eingemachte geht, können dir Honorarberaterinnen weiterhelfen. Prüfe aber alle Versicherungen, die dir empfohlen werden, ganz genau, bevor du sie abschließt. Das heißt leider auch: Lies das Kleingedruckte! Versicherungsgesellschaften wollen Geld verdienen. Deshalb verstecken sie viele kleine Gebühren in ihren Verträgen. Es bedeutet viel Mühe, genau zu verstehen, was der Vertrag beinhaltet und welche Kosten auf dich zukommen, aber es lohnt sich, denn am Ende zahlst du nur für den Schutz, den du auch tatsächlich brauchst, und nur so viel, wie unbedingt notwendig. Unterschreibe nichts, was du nicht verstehst. Berater sind nicht dafür da, um für dich zu denken. Sie geben dir eine erste Orientierung und machen dir Vorschläge. Du entscheidest, ob du die Vorschläge annehmen möchtest. Dafür musst du wissen, worum es geht. Aber keine Sorge: Nimm dir Zeit, schlage alle Wörter nach, die du nicht verstehst und liste alle Kosten auf, die sich im Kleingedruckten verstecken. So wirst du selbst zur Expertin und kannst Beraterinnen und Verkäufern auf Augenhöhe begegnen.

Vermögensaufbau

Ein **Vermögen** ist der Wert des Geldes und der Geldanlagen, die eine Person besitzt. Es gibt zwei Arten von Vermögen: einerseits das **Sparvermögen**, also das Geld, was du im Sparschwein und auf dem Konto hortest, und andererseits Vermögen in Form von **Geldanlagen** oder **Investitionen**. Das sind zum Beispiel Immobilien, Aktien, ein eigenes Unternehmen oder Kunst. Menschen kommen auf ganz verschiedene Weisen zu einem Vermögen: Sie erben, verdienen viel Geld in ihrem Beruf, leben sparsam, gründen ein erfolgreiches Unternehmen oder vermehren ihr Geld geschickt durch Investitionen.

Das Vermögen allein sagt aber noch nicht viel darüber aus, ob jemand in finanzieller Sicherheit lebt. Um das herauszufinden, musst du das **Nettovermögen** kennen. Das ist das Vermögen minus Schulden und Verbindlichkeiten. Das können Kreditkartenschulden sein oder Geld, das du dir von der Bank geliehen hast, um ein Haus zu kaufen. **Verbindlichkeiten** sind Ausgaben, die regelmäßig anfallen, wie beispielsweise für Essen, Miete, Mobilität, Kleidung, Studiengebühren oder Fitnessstudio.

Jemand, der viel Geld durch seine Arbeit verdient, lebt also nicht automatisch in finanzieller Sicherheit.

Sarah und Banu sind Kolleginnen in einem Ingenieurbüro. Sie bekommen beide ein hohes Gehalt für ihre Arbeit. Sarah kauft ein Haus, um mit ihrer Familie darin zu leben. Für das Haus muss sie einen Kredit aufnehmen, den sie nun über zwanzig Jahre zurückzahlt. Danach möchte sie ihren drei Kindern ein Studium finanzieren. In ihrer Freizeit geht sie gern shoppen und mit ihrem Mann in den Tennisclub. Ihre Kinder werden so lange von einer Babysitterin betreut. Im Urlaub reist die ganze Familie gern und leistet sich dafür immer ein gutes Hotel. Sarah gibt auf diese Weise jeden Monat ihr ganzes Gehalt aus. Ihr Nettovermögen ist somit sogar weniger als null, also negativ, solange Sarah noch Schulden bei der Bank wegen des Kredits für ihr Haus hat.

Banu lebt viel bescheidener und hat nur ein Kind. Sie wohnt mit ihrer Familie in einer Drei-Zimmer-Wohnung zur Miete. In ihrer Freizeit liest sie gern Bücher oder geht mit ihren Freundinnen spazieren. Statt eines Babysitters kümmern sich Großeltern und Freunde um Banus Kind, wenn sie und ihr Mann keine Zeit haben. Die Familie verbringt ihre Ferien gern mit weiten Rad- oder Wandertouren. Sie übernachtet dann im Zelt oder in kleinen Pensionen. Banu lebt nicht auf großem Fuß und spart so einen Großteil ihres Einkommens. Damit ist es nicht nur ein Leichtes, ihrer Tochter später das Studium zu finanzieren, sondern sie kann auch investieren. Banu kauft eine Wohnung in der Innenstadt und vermietet diese. Dadurch steigt ihr Einkommen weiter und es bleibt noch mehr übrig. Damit kauft Banu Aktien. Die steigern ihren Wert im Laufe der Zeit immer mehr. Als Banu Rentnerin wird, hat sie auf diese Weise ein Nettovermögen von über einer Million Euro erworben.

Damit hast du das Rezept für den Aufbau eines Vermögens: Du musst mehr Geld einnehmen als du ausgibst und den Überschuss sparen und anlegen. Geld anzulegen bedeutet, es zu investieren, also mit Geld mehr Geld zu verdienen. Es ist beispielsweise eine Investition, eine Wohnung zu kaufen und dann teurer wieder zu verkaufen. Eine andere Investition ist es, einen kleinen Teil eines Unternehmens zu kaufen und im Gegenzug an dessen Gewinn beteiligt zu werden.

Wenn du ein Vermögen aufbauen möchtest, ist es entscheidend, dass du den Unterschied zwischen Verbindlichkeiten und Investitionen verstehst. Ganz einfach gesagt: Verbindlichkeiten kosten dich Geld und Investitionen bringen dir Geld. Verbindlichkeiten sind wiederkehrende Ausgaben wie Abos, Reparaturen oder Miete. Investitionen sind Ausgaben mit dem Ziel, den eingesetzten Geldbetrag zu vergrößern, zum Beispiel durch eine Wertsteigerung oder Vermietung.

Wenn du eine Wohnung kaufst und diese vermietest, dann bringt sie dir Geld. Du musst zwar zunächst die Wohnung kaufen und dafür viel Geld ausgeben, aber dann erhältst du jeden

Monat von deinen Mietern die Miete und irgendwann ist die Summe der Mietzahlungen größer als der ursprüngliche Kaufpreis der Wohnung. In dem Fall ist der Kauf der Wohnung eine Investition. Wenn du aber eine Wohnung kaufst, um selbst darin zu wohnen, dann kostet sie dich Geld, denn du erhältst keine Mietzahlungen, die die Kosten für den Kauf der Wohnung ausgleichen.

Wenn du ein Vermögen aufbauen möchtest, dann möchtest du dein Geld möglichst viel für Investitionen und möglichst wenig für Verbindlichkeiten ausgeben. Wenn du das beherzigst, wächst dein Vermögen von ganz allein.

Aber warum eigentlich die Mühe? Warum solltest du als Erwachsene ein Vermögen besitzen? Einerseits brauchst du ein Vermögen für unvorhergesehene Notsituationen, zum Beispiel wenn die Waschmaschine oder das Auto kaputtgehen. Ein Vermögen ist also ein Baustein deiner finanziellen Sicherheit. Mittelfristig brauchst du ein Vermögen, um dir besondere Wünsche zu erfüllen, wie eine Weiterbildung, eine Reise oder einen schnellen Rechner. Und langfristig brauchst du ein Vermögen, wenn du finanziell unabhängig werden möchtest. – Und das willst du spätestens, wenn du zu alt zum Arbeiten bist und in Rente gehst. Leider ist die staatliche Rente für sehr viele Menschen zu gering, etwa weil sie zu wenig oder nicht lange genug in die Rentenkasse eingezahlt haben. Das geschieht, wenn Menschen zu wenig

in ihrem Beruf verdienen oder mehrere Jahre gar nicht darin arbeiten, weil sie Kinder aufziehen oder sich um kranke Angehörige kümmern. Außerdem drohen uns sinkende Rentenzahlungen, weil immer mehr Rentnern immer weniger Menschen gegenüberstehen, die in die Rentenkasse einzahlen.

Du kannst dir das Vermögen wie einen Geldbaum vorstellen. Du pflanzt den Baum, düngst und wässerst ihn. Das ist deine Investition oder Geldanlage. Dann musst du warten. Dein Geldbaum wächst und trägt irgendwann Früchte: Geld! Das kannst du dann ernten. Die Samen aus den Früchten kannst du dann wieder aussäen und gießen. Daraus wachsen weitere Geldbäume. Je mehr Bäume du züchtest und je größer sie wachsen, desto mehr Geld werfen sie ab. Erst »fütterst« du deine Geldbäume und dann »füttern« sie dich. Genial, oder?

Ein entscheidendes Prinzip, dass es zu verstehen gilt, wenn du ein Vermögen aufbauen möchtest, ist der Zinseszinseffekt. Albert Einstein hat ihn als das achte Weltwunder bezeichnet, weil er so mächtig ist. Sehen wir uns den Zinseszinseffekt an einem Beispiel an.

Du sparst hundert Euro ein Jahr lang und erhältst darauf fünf Prozent Zinsen. Am Ende des Jahres hast du also 105 Euro. Wenn du nun deine fünf Euro Zinsen vom Konto abhebst und ausgibst, liegen wieder nur hundert Euro auf dem Konto. Im zweiten Jahr erhieltest du so bei fünf Prozent Zinsen wiederum fünf Euro gutgeschrieben und hättest am Ende wieder 105 Euro insgesamt. Das nennt sich einfache Verzinsung. Wenn du aber die Zinszahlungen nicht abhebst, sondern weiter auf dem Konto liegen lässt, und darauf erneut Zinsen kassierst, werden bei jährlich fünf Prozent Zinsen aus hundert Euro im ersten Jahr 105 Euro und aus den 105 Euro dann im zweiten Jahr schon 110,25 Euro. Du hast nach 2 Jahren also nicht nur 10 Euro Zinsen, sondern auch noch 25 Cent Zinseszinsen (also Zinsen von den Zinsen) kassiert. Wenn du deine anfänglichen 100 Euro zehn Jahre lang bei jährlich fünf Prozent Zinsen anlegst und die Zinsen nicht ausgibst, sondern auf dem Konto belässt, werden daraus 162,90 Euro. Du verdienst auf diese Weise 62,90 Euro ganz ohne etwas dafür zu tun.

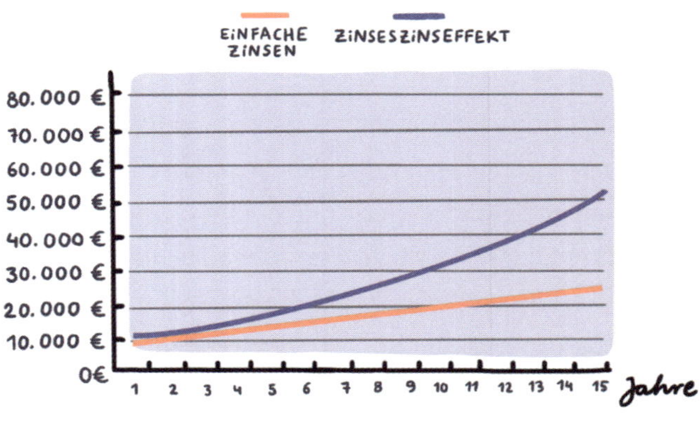

Je mehr Geld und je länger du es anlegst sowie je höher der Zinssatz ist, desto gigantischere Ergebnisse bringt der Zinseszinseffekt. Damit kannst du Millionärin werden: Wenn du jeden Monat zweihundert Euro zu sieben Prozent Zinsen monatlich anlegst und dir den Zinseszinseffekt zunutze machst, bist du nach fünfzig Jahren Millionärin. Dabei beträgt die Summe deiner Einzahlungen nur 120 000 Euro. 970 000 Euro sind Zinszahlungen. Im Internet findest du Zinseszinsrechner, in denen du einfach mal mit verschiedenen Zahlen herumexperimentieren und die Macht des Zinseszinses beobachten kannst.

Anderes Wort, gleiches Prinzip: Der Zinseszinseffekt funktioniert nicht nur mit Zinsen auf einem Sparkonto, sondern auch mit der Rendite, also den Erträgen aus anderen Geldanlagen, wie Aktien, wenn du die Rendite gleich wieder in deine Geldanlage reinvestierst.

Um ein Vermögen aufzubauen, müssen also deine Einnahmen höher sein als deine Ausgaben. Dafür kannst du entweder wie die Frugalistinnen deine Ausgaben so gering wie möglich halten. Oder du setzt alles daran, deine Einnahmen zu erhöhen. Natürlich kannst du mehr arbeiten und so dein aktives Einkommen erhöhen. Viel effektiver ist aber die Steigerung deines passiven Einkommens – also von Geld, das du bekommst, ohne dafür zu arbeiten. Dazu zählen zum

Beispiel die Erträge deiner Geldanlagen, also die Geldscheine von deinem Geldbaum. Zwar musst du dafür am Anfang ein kleines bisschen arbeiten – den Baum pflanzen und bewässern –, aber dann wächst und gedeiht er fast ohne dein Zutun und du kannst einfach ernten. So ein passives Einkommen sind beispielsweise die Mieteinnahmen aus einer Wohnung, der Gewinn eines eigenen Unternehmens oder die (Zinses-)Zinsen, die du von der Bank auf deine Ersparnisse erhältst.

Auf diese Weise kannst du eine Spirale aus passivem Einkommen und Vermögen erzeugen: Du schaffst dir durch die Investition von etwas Zeit, Geld und Mühe ein passives Einkommen, investierst dieses Einkommen in Geldanlagen und erhältst daraus noch mehr passives Einkommen, das du wiederum investieren kannst und so weiter. Wie du das genau angehen kannst, dafür gibt es viele Möglichkeiten:

1. Du kannst Geld auf einem Tagesgeldkonto der Bank sparen. Dabei hast du jederzeit Zugriff auf dein Geld, aber solange du es nicht anrührst, benutzt die Bank es und zahlt dir als Dankeschön Zinsen. Wenn die Zinsen hoch sind, wächst dein Vermögen. Sind sie allerdings niedrig, wächst dein Vermögen kaum oder gar nicht. In dem Fall solltest du nur deinen Notgroschen auf dem Tagesgeldkonto sparen.

2. Du kannst Geld in festverzinsliche Geldanlagen investieren. Dafür verleihst du für ein paar Monate oder Jahre eine bestimmte Geldsumme – zum Beispiel an

eine Bank, ein Unternehmen oder einen Staat. Im Gegenzug erhältst du die Garantie, dass du nach Ablauf der vereinbarten Zeit dein Geld plus Zinsen zurückerhältst. Die Zinsen bei festverzinslichen Geldanlagen sind höher als beim Tagesgeldkonto, weil du für eine fest vereinbarte Zeit dein Geld nicht anrühren kannst. Wenn du zum Beispiel weißt, dass du dir in fünf Jahren ein Auto kaufen möchtest, kannst du die nötige Summe solange in eine festverzinsliche Geldanlage investieren. Am Ende erhältst du dann etwas mehr von der Bank zurück und kannst dir sogar noch ein paar Tankfüllungen extra leisten.

3. Du kannst dein Geld in Immobilien investieren. Dafür kaufst du zum Beispiel Wohnungen oder Häuser und vermietest sie dann. Oder du verkaufst sie für einen höheren Preis weiter, wenn ihr Wert gestiegen ist, zum Beispiel weil das Viertel, in dem deine Wohnung liegt, plötzlich total angesagt ist. Allerdings kann auch genau das Gegenteil passieren und deine Immobilie kann weniger wert werden, zum Beispiel weil sie immer maroder wird. Oder die Mieten sinken.

4. Du kannst dein Geld in Wertgegenstände wie Schmuck, Kunst, Antiquitäten, Gold oder Diamanten investieren. Mit etwas Glück werden auch die mit der Zeit mehr wert. Dann kannst du sie verkaufen und erhältst dafür mehr Geld, als sie dich ursprünglich gekostet haben. Den Gewinn kannst du dann in neue Geldanlagen investieren und somit weiter vergrößern. Ob deine

Wertgegenstände mit der Zeit mehr oder weniger wert werden, kannst du jedoch nie genau wissen. Das hängt immer von Angebot und Nachfrage ab – genau wie bei den Erdbeeren ganz am Anfang dieses Buches.

5. Du kannst dein Geld aber auch in Aktien investieren. Wenn sich Unternehmen Geld beschaffen wollen, zum Beispiel, um Rohstoffe oder Maschinen zu kaufen, dann verkaufen sie Aktien. Eine Aktie ist ein kleiner Teil eines Unternehmens. Wenn du eine Aktie kaufst, gehört dir also ein Teil des Unternehmens. Und wenn das Unternehmen gut läuft, beteiligt es dich als Miteigentümerin an seinem Gewinn. Es zahlt dir dann eine Dividende. Außerdem kann es, genau wie bei Immobilien, Gold und Co. zu Wertsteigerungen der Aktien kommen, das heißt, die Aktien können mehr wert werden, etwa weil mehr Menschen darauf vertrauen, dass das Unternehmen in Zukunft gut laufen wird. Umgekehrt können die Menschen aber auch das Vertrauen in ein Unternehmen verlieren, beispielsweise, weil es keine Gewinne erwirtschaftet. Dann sinkt der Wert der Aktien. Sie können sogar ganz wertlos werden und das Unternehmen pleitegehen. Dann ist alles Geld, was du in die Aktien investiert hast, futsch.

6. Relativ neu und sehr spannend sind Investitionen in Kryptowährungen. Das sind digitale Währungen, also Währungen, von denen es kein Bargeld in Form von Münzen oder Scheinen gibt. Du tauschst sozusagen deine

nationale Währung in eine Kryptowährung um. Auch hier hoffst du wieder, dass die Kryptowährung mit der Zeit mehr wert wird, und du davon einkaufen oder sie wieder zurück in deine nationale Währung tauschen kannst und mehr erhältst als du ursprünglich investiert hattest. Der Wert von Kryptowährungen schwankt allerdings sehr stark. Innerhalb eines Tages kann eine Kryptowährung sehr viel mehr oder sehr viel weniger wert werden. Sie kann auch komplett wertlos werden. Das heißt, du kannst all dein Geld verlieren.

Generell kannst du dir für Geldanlagen merken: Je höher das Risiko ist, Verluste zu machen, desto größer sind auch die Aussichten auf einen Gewinn. Wenn du aber ein paar goldene Regeln beherzigst, kannst du das Risiko in Schach halten und deine Chance auf ein großes Vermögen erhöhen. Diese Regeln lauten:

1. Investiere nur Geld in Geldanlagen, die du auch verstehst.

2. Investiere nur Geld, auf das du mindestens einige Monate, besser noch einige Jahre verzichten kannst.

3. Investiere nie geliehenes Geld (eine Ausnahme sind Kredite zum Kauf von Immobilien oder zur Gründung eines Unternehmens).

4. Bewahre einen kühlen Kopf und triff keine unüberlegten Entscheidungen. Panik und Gier sind keine guten Berater!

5. Investiere nicht all dein Geld in eine einzige Geldanlage, sondern in viele verschiedene, zum Beispiel in Aktien, Gold, Immobilien und Anleihen. Ein Sprichwort lautet entsprechend: Lege nicht alle Eier in einen Korb. Denn wenn dir dieser Korb herunterfällt, sind alle Eier auf einmal kaputt.

Es gibt viele verschiedene Geldanlagen und Investitionsformen. Um herauszufinden, welche die richtigen für dich sind, kannst du dich am magischen Dreieck der Geldanlage orientieren:

1. *Risiko: Wie viel Risiko kannst du eingehen?*
2. *Rendite: Welche Rendite wünschst du dir?*
3. *Verfügbarkeit: Wie lange kannst du auf das angelegte Geld verzichten?*

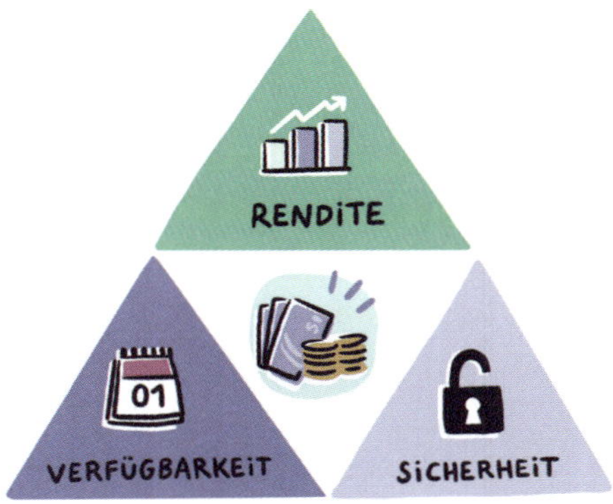

Als junger Mensch hast du noch viel Zeit, mögliche Verluste wieder auszugleichen.

Du kannst also etwas mehr Risiko eingehen – aber nur, wenn du dich damit wohlfühlst. Je höher die Inflation, also die Geldentwertung, desto wichtiger ist es, dass du die Rendite deiner Geldanlage im Blick behältst. Dein Vermögen wird auf einem Sparkonto mit einem Prozent Zinsen nämlich weniger, wenn die Inflation drei Prozent beträgt und somit die Zinsen »auffrisst«. Damit dein Geld sich vermehrt, muss die Rendite höher als die Inflation sein. Dass du noch jung bist, ist auch hier ein Vorteil, denn risikoreichere Geldanlagen versprechen in der Regel auch eine höhere Rendite. Und nicht zuletzt ist dein junges Alter auch für die Verfügbarkeit von Vorteil. Wenn du für deine Rente Geld anlegen möchtest, hast du bis dahin noch viel Zeit. Das Geld muss erst in einigen Jahrzehnten verfügbar sein. Investiere trotzdem nie all dein Geld in langfristige Geldanlagen, um noch genug für kurz- und mittelfristige Kosten wie ein Studium, ein eigenes Auto, eine Wohnungsausstattung oder die Familiengründung zu haben.

Als junger Mensch kannst du getrost einen Teil deiner Ersparnisse und deines Einkommens in risikoreiche Geldanlagen wie Aktien und Kryptowährungen investieren. Diese Geldanlagen sind sehr **volatil**, das heißt, sie können innerhalb kürzester Zeit enorm an Wert gewinnen, aber auch verlieren. Der Wert von Aktien und Kryptowährungen schwankt sehr stark. Damit dir diese Schwankungen nichts anhaben können, brauchst du Standhaftigkeit. Und die hast du, denn du hast viel Zeit, um zu warten, bis der Wert deiner Geldanlage wieder steigt und du sie irgendwann zu einem sehr guten Preis verkaufen kannst.

Außerdem sind dein Vermögen und dein Einkommen vermutlich noch nicht sehr hoch. Deshalb ist es besonders praktisch, dass du auch mit kleinen Beträgen schon Aktien und Kryptowährungen kaufen kannst. Alles, was du dafür brauchst, ist das Einverständnis deiner Eltern und einen Computer. Dann kannst du dich ganz langsam und entspannt an die Geldanlage in Aktien und Kryptowährungen herantasten. Wie, erfährst du in den nächsten Kapiteln.

Börse und Aktien

Mit einer Aktie kaufst du einen kleinen Anteil an einem Unternehmen. Du bekommst für dein Geld aber nicht wirklich einen Bürostuhl oder eine Fertigungsmaschine des Unternehmens. Vielmehr ist eine **Aktie** ein Wertpapier, also ein Stück Papier, auf dem der Wert deines Anteils am Unternehmen aufgeschrieben ist.

Menschen kaufen Aktien, wenn sie Vertrauen haben, dass ein Unternehmen sich gut entwickelt. Davon versprechen sie sich einerseits, dass der Wert des Unternehmens und damit der Wert ihrer Aktien steigt, denn sie wollen sie später gewinnbringend verkaufen. Andererseits hoffen sie, durch eine Dividendenzahlung an den Gewinnen des Unternehmens beteiligt zu werden. Die **Dividende** ist ein Anteil am Gewinn des Unternehmens und wird pro Aktie ausgezahlt, das heißt je mehr Aktien du von einem Unternehmen besitzt, desto mehr Dividendenzahlungen erhältst du. Ob und wie viel Dividende ausgezahlt wird oder ob der gesamte Gewinn wieder in das Unternehmen investiert wird, entscheiden die Aktionäre und Aktionärinnen – also auch du – auf der jährlichen Hauptversammlung. Dort kannst du als Aktionärin auch noch vieles andere mitentscheiden, denn schließlich bist du Miteigentümerin des Unternehmens. Dabei gilt: Je mehr Aktien des Unternehmens dir gehören, desto mehr Gewicht hat deine Stimme.

Warum steigt und sinkt der Preis einer Aktie? Das hat, wie alle Preise auf dem Markt, mit Angebot und Nachfrage zu tun. Dieses Prinzip kennst du schon. Wenn Menschen glauben, dass ein Unternehmen sich gut entwickeln wird, wollen viele Aktien von dem Unternehmen kaufen, um an dessen Erfolg beteiligt zu werden. Der Preis der Aktien steigt. Wenn die Leute aber glauben, dass es mit einem Unternehmen bergab geht, wollen sie ihre Aktien schnell loswerden, damit sie nicht an Wert verlieren. Auf der anderen Seite wollen dann nur noch wenige Menschen Aktien von dem Unternehmen kaufen. Somit sinkt der Preis der Aktien. Den Preis einer Aktie nennt man auch Kurs. Er wird häufig als Linie in einem Diagramm dargestellt. Du findest die Aktienkurse immer aktuell im Internet.

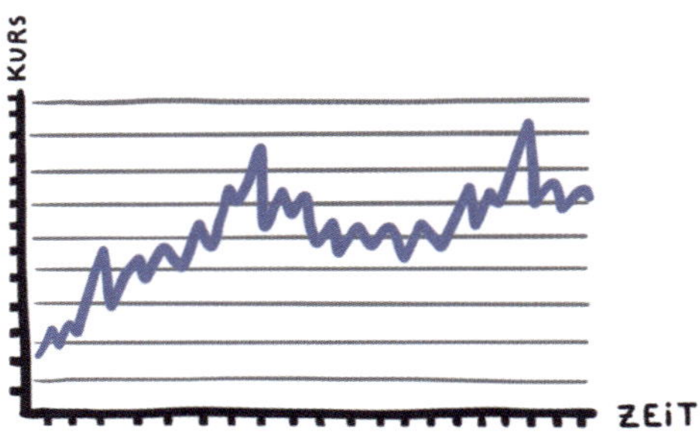

Dass Nachfrage und Angebot den Preis einer Aktie bestimmen, heißt auch, dass der Preis nicht den tatsächlichen Wert des Unternehmens-

anteils widerspiegelt, sondern die Stimmung am Markt – also wie optimistisch oder pessimistisch die Käuferinnen und Verkäuferinnen sind. Bei viel Optimismus gehen die Preise nach oben. Das nennt man auch einen Bullenmarkt, weil der Kurs der Aktien dann nach oben schnellt wie von den Hörnern eines Bullen getrieben. Sind die Leute eher pessimistisch, fallen die Preise. Das ist der sogenannte Bärenmarkt. Die Kurse werden wie von der Tatze eines Bären nach unten gedrückt.

Wenn du mit Aktien handelst, kannst du dir dieses Wissen zunutze machen. Du kannst zum Beispiel anhand bestimmter Merkmale wie dem Gewinn, dem Eigenkapital oder dem Umsatz eines Unternehmens herausfinden, wie es tatsächlich um eine Firma bestellt ist und ob der Aktienpreis das widerspiegelt. Findest du beispielsweise ein Unternehmen, das ziemlich gut läuft, dessen Aktienpreise aber niedrig sind, kann das bedeuten, dass das Unternehmen bisher unterschätzt wurde und der Preis der Aktien mit der Zeit steigen und sich so an den tatsächlichen Wert des Unternehmens anpassen wird.

Und wo werden Aktien gehandelt? Auch das ist ähnlich wie bei allem anderen, was du kaufen und verkaufen kannst: auf dem Markt. Der Markt, auf dem Aktien gehandelt werden, nennt sich **Börse**. Früher war die Börse ein großer

Platz oder Raum, wo sich Verkäufer und Käufer ihre Angebote und Gebote zugerufen haben. Sogenannte **Broker** vermittelten zwischen Käufern und Verkäufern und erhielten dafür ein bisschen Geld von beiden. Du kannst dir vorstellen, welch unfassbarer Tumult an der Börse mit all diesen Menschen herrschte! Heute geht es viel leiser zu.

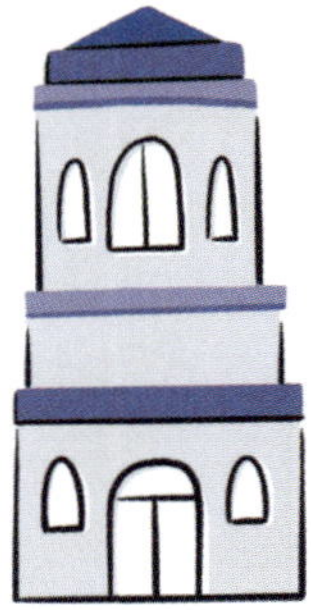

Die Broker sitzen in der Börse vor vielen, vielen Computerbildschirmen und erhalten Angebote und Gebote per Telefon oder Internet. Es gibt übrigens nicht nur die eine Börse, sondern viele verschiedene weltweit, zum Beispiel die Frankfurter, Wiener oder Schweizer Börse.

Neben der Einnahme von Dividenden kannst du auch mit dem Handel von Aktien Geld verdienen, indem du günstig Aktien kaufst und sie teurer wieder verkaufst. Der Preis von Aktien steigt und sinkt permanent. Manche Menschen spekulieren darauf, den richtigen Zeitpunkt abzupassen, um eine Aktie günstig zu kaufen und dann kurz danach teuer zu verkaufen. Damit das klappt, muss man aber sehr erfahren sein und auch eine Menge Glück haben. Es ist schwer und oft unmöglich, vorauszusagen, wie sich die Preise von Aktien entwickeln. Insgesamt sind die Preise von Aktien aber in den vergangenen 120 Jahren gestiegen. Wenn du also einen langen Atem hast und dein Geld langfristig in Aktien investierst, hast du gute Chancen, deine Aktien zu einem höheren Preis wieder zu verkaufen. Dann kann es dir egal sein, ob kurzfristig die Kurse steigen oder fallen. Dich interessiert nur die langfristige Entwicklung. Dafür solltest du deine Aktien mindestens fünfzehn, besser noch dreißig oder fünfzig Jahre behalten. Aber du bist ja jung und hast Zeit! Diese Anlagestrategie nennt man übrigens »**Buy and Hold**«. Das ist Englisch für »kaufen und behalten«.

Wenn du langfristig ein Vermögen aufbauen möchtest, also das Geld frühestens in fünfzehn Jahren brauchst, kannst du in Aktien investieren. Solange du unter achtzehn bist, eröffnest du dafür gemeinsam mit deinen Eltern ein Juniordepot. Das Depot ist der Ort, an dem deine Aktien aufbewahrt werden. Du kannst dein Depot entweder in der Filiale deiner Bank oder bei einem reinen Online-Broker einrichten. Online-Broker haben den Vorteil, dass sie weniger Gebühren kosten als Broker von der Bank. Dafür musst du dich ein bisschen besser auskennen, denn du erhältst keine Beratung durch einen Online-Broker. Aber keine Sorge: Es gibt genügend Informationen über Aktien-Investitionen frei verfügbar, teilweise sogar kostenlos. Du kannst dir also alles nötige Wissen selbst aneignen. Und je weniger Gebühren du zahlst, desto mehr Geld kannst du investieren.

Die Investition in Aktien beginnt mit einer Investition in dich selbst, denn du musst dich sehr gut informieren. Aktienhandel ist mit einem hohen Risiko verbunden. Je besser du verstehst, wie er funktioniert und worauf du achten musst, desto besser kannst du Fehler vermeiden. Investiere also zunächst in deine Bildung und lies ein paar Bücher zum Thema Aktien. Die goldenen Regeln des Investierens gelten natürlich auch für Aktien-Investitionen:

1. Investiere erst dann in Aktien, wenn du genau verstanden hast, was das bedeutet und wie man es klug anstellt. So vermeidest du Fehler, die dich viel Geld kosten können.

2. Investiere nur Geld in Aktien, auf das du mindestens fünfzehn Jahre verzichten kannst. So kannst du Kursschwankungen aussitzen und ausgleichen.

3. Investiere nie geliehenes Geld in Aktien, denn Aktien sind eine riskante Anlageform. Es besteht die Möglichkeit, dass du all dein Geld verlierst. Wenn du es geliehen hast, kannst du es dann nicht zurückzahlen.

4. Bewahre einen kühlen Kopf und triff keine unüberlegten Entscheidungen. Panik und Gier sind keine guten Berater!

5. Investiere nicht all dein Geld in die Aktien eines einzigen Unternehmens (»Lege nicht alle Eier in einen Korb.«). So verminderst du das Risiko, alles zu verlieren.

Wenn du dich also gut informiert hast und genau weißt, worauf es ankommt, kannst du das Geld, das du langfristig investieren möchtest, in Aktien stecken. Ein sehr einfacher und praktischer Weg, das zu tun, ist es, Fonds oder ETFs zu kaufen. **Fonds** sind Bündel aus vielen verschiedenen Aktien. Sie werden von einer Fondsmanagerin zusammengestellt und beherzigen automatisch die fünfte goldene Regel des Investierens: nicht alle Eier in einen Korb. Denn wenn du Fondsanteile kaufst, kaufst du automatisch Aktiensplitter vieler verschiedener Unternehmen. Der Nachteil: Die Fondsmanagerin behält einen Teil deiner Investition als Lohn für ihre Arbeit. Viel günstiger sind ETFs. **ETF** steht für »Exchange Traded Fund«, auf Deutsch »börsengehandelter Indexfonds«. Ein Index ist eine Liste, in der beispielweise alle (oder die wichtigsten) börsennotierten Unternehmen eines bestimmten Wirtschaftszweigs oder einer Region zusammengefasst sind. Es gibt beispielsweise den Deutschen Aktienindex DAX, in dem die vierzig wichtigsten deutschen Unternehmen aufgelistet sind oder den TecDax, in dem die dreißig größten Technologieunternehmen Deutschlands zusammengefasst sind. Ein ETF bildet einen Index nach. Wenn du also Anteile von einem ETF, der den DAX abbildet, kaufst, investierst du automatisch in die Aktien der vierzig wichtigsten deutschen Unternehmen. Der Clou: ETFs werden nicht manuell, sondern automatisch zusammengestellt und das spart Kosten – mehr Geld also, das du investieren kannst. Es gibt unheimlich viele ETFs, die alle möglichen Indices abbilden, nicht nur die bestimmter Länder, sondern zum Beispiel auch die bestimmter Wirtschaftszweige, wie Kosmetik oder Technik.

Aber wie sollst du dich da entscheiden? Auch hier gilt: Kaufe nur, womit du dich gut auskennst. Wenn du dich für Umweltschutz einsetzt und überzeugt bist, dass Recycling dazu einen wichtigen Beitrag leistet, könntest du in ETFs aus dem Bereich Abfallmanagement und Recycling investieren. Oder du bist Japan-begeistert und schwörst auf japanische Produkte. Dann ist vielleicht ein ETF auf den Japanischen Index NIKKEI der richtige für dich. Entscheidend ist, dass du gut recherchierst, welche Unternehmen in dem ETF, für den du dich interessierst, vertreten sind, und dir überlegst, warum du glaubst, dass diese Unternehmen in Zukunft gut laufen werden.

Neben den Unternehmen, die in einem ETF vertreten

sind, gibt es noch andere wichtige Details, auf die du achten solltest, bevor du dich zum Kauf entschließt. Welche das sind, erfährst du in Büchern, die sich speziell mit diesem Thema beschäftigen.

WAS, WENN …

… deine Eltern dir raten, die Finger von Aktien zu lassen, weil sie die Börse für zu riskant halten? Dann beeindrucke sie mit deinem Wissen zu dem Thema und erkläre Ihnen, wie du das Risiko im Aktienhandel für dich verringern möchtest.

WAS, WENN …

… du nur wenig Geld für so einen langen Zeitraum anlegen kannst? Kein Problem! Du kannst bereits ab zehn Euro ETFs kaufen.

Übrigens kannst du dein Aktiendepot genau wie dein Sparkonto auch regelmäßig und automatisch füttern. Dafür richtest du einen Sparplan ein. Dadurch wird jeden Monat eine feste Summe in den Fonds oder ETF deiner Wahl investiert. Das Tolle daran: Wenn der Kurs des ETFs gerade hoch ist, das heißt, die Aktien relativ teuer, kaufst du nur einen kleinen Teil. Sind die Anteile aber gerade günstig, können mehr von deiner festgelegten Summe gekauft werden. Dadurch kaufst du die ETF-Anteile immer zum Durchschnittspreis und gleichst somit Preisschwankungen aus. Das nennt man »**Cost Average Effect**«, also »Durchschnittskosteneffekt«.

Du siehst, es gibt eine Menge Möglichkeiten, das hohe Risiko, mit dem der Aktienhandel verbunden ist, zu mindern. Wenn dich das Risiko nicht abschreckt und es dir Freude bereitet, dich mit dem Thema zu beschäftigen, kannst du mit Aktien dein Vermögen besonders stark vermehren. Selbst wenn du regelmäßig nur kleine Beträge investierst, kann sich das sehr für dich lohnen.

Rosi beispielsweise hat von 1971 bis 2020 jeden Monat 50 Euro – insgesamt 30 000 Euro – in DAX-Aktien investiert und nichts verkauft. Damit hat sie in diesem Zeitraum ein Vermögen von 396 000 Euro aufgebaut. Das sind 366 000 Euro, für die Rosi nichts weiter tun musste, als zu warten.

Kryptowährungen

Ob Kryptowährungen wirklich Währungen sind, darüber scheiden sich die Geister, denn sie genießen längst nicht so ein großes Vertrauen wie die nationalen Währungen. Nichtsdestotrotz kannst du bereits heute im Internet und sogar in manchen Geschäften mit Kryptowährungen einkaufen. Deswegen bezeichnen manche Leute Kryptowährungen als das »neue Geld«. Fest steht: Es gibt über zehntausend Kryptowährungen und es werden immer mehr.

Zwar wird die einzelne Einheit einer Kryptowährung »**Coin**« – Englisch für Münze – genannt, aber **Kryptowährungen** existieren ausschließlich digital, das heißt, es gibt von ihnen keine Münzen oder Geldscheine, die man anfassen kann. »Krypto« kommt von »Kryptografie«. So heißt die Technologie, auf der Kryptowährungen basieren. **Kryptografie** ist eine Verschlüsselungstechnik, die ermöglichen soll, dass wichtige Informationen geheim bleiben und nicht manipuliert, also unbemerkt verändert werden können.

Kryptowährungen basieren wie analoges Geld auch auf Vertrauen: Alle Nutzerinnen der Währung handeln in dem Vertrauen, dass die Währung als Zahlungsmittel anerkannt wird. Besonders viele Menschen haben Vertrauen in die bekannteste Kryptowährung, den **Bitcoin**. Andere bekannte Kryptowährungen sind zum Beispiel Ethereum und Ripple. Der Bitcoin wurde 2009 erfunden und eingeführt. Anders als eine nationale Währung wird der Bitcoin nicht von einer

Institution, einer Zentralbank, ausgegeben und überwacht, sondern von der Gemeinschaft des Bitcoin-Netzwerkes.

Das empfinden Fans von Kryptowährungen als Vorteil. Sie argumentieren, dass es gefährlich ist, einzelnen Banken so viel Macht über unsere Zahlungsmittel zu geben. Schließlich wissen wir nicht im Detail, was die Banken mit dem Geld, das sie für uns verwalten, eigentlich machen. Auch scheinen sie nicht so gut vermeiden zu können, dass Geld gefälscht wird. Darüber hinaus ist es fraglich, ob die Entscheidungen, die Banken treffen – etwa, wie viel Geld sie drucken oder wie hoch sie die Zinsen festlegen – im Sinne aller Menschen sind. Außerdem sind in unserem heutigen Geldsystem die Informationen auf wenigen Servern gespeichert. Wird ein Server von Hackern angegriffen, können dabei auf einen Schlag viele Informationen verloren gehen oder manipuliert werden.

Kryptowährungen versprechen ihren Nutzern, dass alle Informationen über die Geldflüsse jederzeit nachvollzogen werden können, weil sie sicher verschlüsselt gespeichert sind – und zwar nicht an *einem* Ort, sondern auf den Rechnern *aller* Teilnehmerinnen des Kryptonetzwerks. Auch sind viel mehr Menschen an der Entwicklung und Weiterentwicklung von Kryptowährungen beteiligt, sodass Entscheidungen gemeinsam getroffen werden. Eine weitere Besonderheit von Kryptowährungen ist, dass Zahlungen direkt von einer Person an eine andere Person fließen können, ohne dass eine Bank daran beteiligt ist. Das ermöglicht auch anonyme Zahlungen. Viele Menschen sehen darin einen Vorteil, denn sie wollen nicht, dass andere wissen, wie viel Geld sie an wen geschickt oder von wem bekommen haben. Das hat natürlich auch Nachteile: Einige Zeit wurden Kryptowährungen vor allem dazu genutzt, illegale Geschäfte zu machen.

Bleiben wir beim Beispiel des Bitcoin. Jeder Mensch, der über einen Computer verfügt, kann Teil des Bitcoin-Netzwerkes werden – auch du! Du kannst entweder passive Teilnehmerin sein, wenn du Bitcoin nur kaufst, also deine eigene nationale Währung in Bitcoin umtauschst. Oder du kannst aktive Teilnehmerin sein, indem du Bitcoin schürfst. Geschürft wird aber nicht wie bei den Goldgräbern mit einem Sieb im Fluss, sondern mit dem PC. Dieser muss besonders leistungsfähig sein, denn er muss komplizierte Rechenaufgaben lösen.

Alle Informationen von der Geldmenge, über die Guthaben der Teilnehmer bis hin zu den Geldflüssen werden bei Bitcoin in der sogenannten **Blockchain**, einem fortlaufenden kryptografisch verschlüsselten Protokoll, gespeichert. Die Informationen werden in einzelne Blöcke verpackt und diese Blöcke werden in einer Kette aneinandergehängt. Diese Kette wird auf allen Rechnern der Netzwerkteilnehmer gespeichert. Wenn also ein einziger Rechner mal gehackt wird, gibt es auf allen anderen noch eine Kopie der Blockchain. Anders als bei unseren nationalen Währungen prüft auch nicht mehr eine einzige Bank die Richtigkeit der Informationen, sondern alle aktiven Teilnehmer des Bitcoin-Netzwerks. Erst wenn alle einverstanden sind, wird eine Information in der Blockchain gespeichert. Dadurch ist die Blockchain besonders gut vor Manipulation geschützt. Um einen neuen Block zu speichern, müssen die Computer aller aktiven Teilnehmer des Bitcoin-Netzwerks gleichzeitig eine komplizierte Rechenaufgabe lösen. Wer zuerst die Lösung herausgefunden hat, meldet sie an alle anderen Computer. Diese rechnen schnell nach und wenn sie zum gleichen Ergebnis kommen, darf der neue Block an die Blockchain angehängt werden. Der Nutzer, der zuerst mit seinem Computer die richtige Lösung gefunden hat, bekommt zur Belohnung neue Coins gutgeschrieben. Die hat er dann »geschürft«.

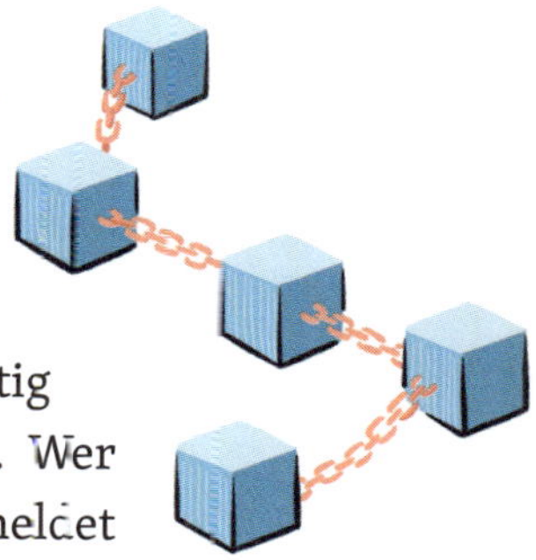

Um Beträge in Kryptowährungen zu senden oder zu empfangen, benötigst du ein **Wallet**, ein digitales Portemonnaie. Der Ausdruck ist allerdings nicht ganz treffend, denn es handelt sich bei dem Wallet eher um einen Schlüsselbund. Darin befinden sich zwei Arten von Schlüsseln – oder Englisch »Keys«: die **Private Keys** und die **Public Keys**. Ein Public Key ist für die Öffentlichkeit bestimmt und vergleichbar mit deiner Kontonummer oder IBAN. Wenn dir jemand Coins schicken möchte, musst du ihm dafür einen deiner Public Keys geben. Anders verhält es sich mit den privaten Schlüsseln, den Private Keys. Die musst du unbedingt geheim halten. Deine Kryptocoins liegen nämlich nicht in deinem Portemonnaie, sondern sind in der Blockchain als reine Information gespeichert – beziehungsweise verschlüsselt. Du kannst deine Coins nicht herunterladen oder abspeichern, sondern nur die Zugangscodes, die Private Keys dafür. Die Private Keys in deinem Wallet passen haargenau zu den Informationen über deine Coins in der

Blockchain – und zwar ausschließlich zu denen, die dir gehören. Jeder Private Key ist eine lange Reihe aus Buchstaben und Zahlen, so ähnlich wie ein Passwort. Ob du deine Private Keys in einem Online-Wallet, auf deinem Computer oder auf einem Stück Papier in deinem Zimmer aufbewahrst, ist dir überlassen. Aber du musst sehr gut darauf aufpassen, denn wenn deine Private Keys gestohlen werden oder verloren gehen, sind damit auch deine Coins futsch.

Wenn du Bitcoins haben möchtest, kannst du sie also mit einem sogenannten Mining-Programm auf deinem PC schürfen. Allerdings sind die Rechenaufgaben mittlerweile so kompliziert, dass ein stinknormaler Computer kaum eine Chance hat, jemals als Erster die richtige Lösung zu finden und dafür mit Coins belohnt zu werden.

Alternativ kannst du auch Freunde oder Verwandte, die bereits Bitcoin besitzen, bitten, dir ein paar Coins zu schenken oder im Tausch gegen ein paar Euro zu verkaufen. Du musst ihnen nur deinen Public Key geben und schon können sie dir Bitcoin schicken.

Wenn du aber niemanden kennst, der dir Bitcoin schicken kann oder will, kannst du sie auch an einer **Krypto-Börse** kaufen. Das sind Handelsplattformen, die denen für Aktien ganz ähnlich sind. Auch hier schwanken die Preise für die einzelnen Währungen sehr stark. Es kommt also ganz darauf an, wann du deine Coins kaufst oder verkaufst, ob du damit Gewinn machst oder Geld verlierst. Genau wie für Aktien gilt auch für alle Kryptowährungen: Du kannst sogar dein ganzes investiertes Geld verlieren.

Viele Menschen finden es deswegen zu riskant, ihr Geld in Kryptowährungen zu stecken. Die Kurse schwanken extrem stark. So hat ein Bitcoin beispielsweise im März 2017 noch 1000 Euro gekostet. Zehn Monate später, im Januar 2018 hatte sich der Preis verdreizehnfacht. Da kostete ein Bitcoin dann über 13 000 Euro. Aber schon im Dezember 2018 war der Kurs wieder auf 3200 Euro gefallen. Im November 2021 erreichte der Bitcoin seinen bisher höchsten Kursstand: Da kostete ein Bitcoin ganze 59 000 Euro.

Louise hat im März 2017 1000 Euro in Bitcoin umgetauscht und diese Bitcoins im November 2021 verkauft. Da durfte sie sich über 58 000 Euro Gewinn freuen. Hätte sie jedoch den Höchststand verpasst und erst im Juni 2022 verkauft, hätte sie sich mit 19 500 Euro begnügen müssen und vermutlich ziemlich geärgert. Das ist zwar fast zwanzig Mal so viel, wie Louise ursprünglich bezahlt hat, aber viel weniger als sie im November 2021 für ihre Bitcoins bekommen hätte.

Du merkst: Mit Kryptowährungen – nicht nur dem Bitcoin – lässt sich wahnsinnig viel Geld verdienen, aber genauso viel verlieren. Wieder helfen dir die goldenen Regeln des Investierens, das Risiko für dich zu begrenzen. Du hast jetzt eine Ahnung, wie ungefähr Kryptowährungen funktionieren und kannst dich weiter über das Thema informieren. Auch hier ist die beste Investition zunächst die in dein Wissen. Dann kannst du selbst entscheiden, ob du einmal eine kleine Menge Geld in Kryptowährungen investieren möchtest.

WAS, WENN ...

... du dich zwar gut informiert hast, aber dich trotzdem nicht an die (Krypto-)Börse traust oder es dir deine Eltern strikt verbieten? Dann kannst du, bis du sicherer bist, mit Börsenspielen üben. Dort lernst du spielerisch den Handel mit Aktien und Kryptowährungen unter wirklichen Marktbedingungen, aber ohne echtes Geld einzusetzen. Du wirst sehen: Wenn du die goldenen Regeln beherzigst, Geduld und Ruhe beweist, ist das alles viel weniger schwierig oder beängstigend als es dir vielleicht scheint.

TEIL 6

Mit Geld die Welt verändern

Armut und Reichtum

Du brauchst nur einmal auf die Straße zu gehen und siehst: Manche Menschen haben mehr Geld als andere. Während die einen in die Bank hineingehen, um dort Geld abzuheben, stehen die anderen davor und bitten um eine Spende. Vielleicht hast du eine Klassenkameradin, deren Eltern ihren Anteil der Klassenfahrt nicht bezahlen können. Vielleicht hat auch deine eigene Familie wenig Geld. Aber wann genau ist eigentlich jemand reich und wann arm?

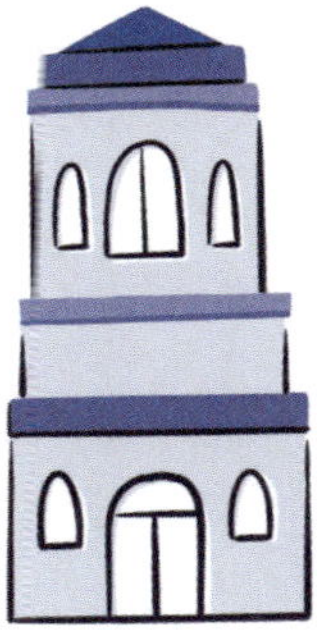

Eines vorweg: Viele Menschen, die wenig Geld haben, möchten nicht »arm« genannt werden. Sie sagen, dass sie zwar wenig Geld haben, dafür aber reich an vielen anderen Dingen sind. Statt ihre Schwäche zu betonen, wollen sie lieber ihre Stärken in den Vordergrund stellen: ihre Talente, ihren familiären Zusammenhalt, ihr Engagement für die Gemeinschaft und ihre harte Arbeit. Menschen mit wenig Geld leisten oft einen großen Beitrag für unsere Gesellschaft. Sie kümmern sich um alte und kranke Angehörige. Sie ziehen Kinder groß und halten unsere Wohnungen, Büros und Schulen sauber. Sie machen uns mit ihren Kunstwerken Freude. Sie kümmern sich um Tiere und Pflanzen.

Leider ist unsere Gesellschaft oft nicht bereit, diese Leistung angemessen zu bezahlen. Ist es nicht verrückt, dass Profifußballer und Topmodels besser bezahlt werden als Kindergärtner und Reinigungskräfte? Was würde unserer Gesellschaft wohl mehr schaden – wenn Erstere oder Letztere einen Monat lang nicht arbeiten?

Fakt ist: Die meisten Menschen, die wenig Geld haben, arbeiten sehr hart. Sie werden nur schlechter oder gar nicht für ihre Arbeit bezahlt. Diese Menschen haben ein geringes Einkommen und Vermögen. Sie sind finanziell benachteiligt oder wirtschaftlich schwach. Sie leben in Armut.

Man unterscheidet zwischen absoluter und relativer Armut. **Absolute Armut** bedeutet, nicht genug Geld für lebenswichtige Dinge wie Essen, Kleidung und Wohnung zu haben. **Relative Armut** meint, dass das Einkommen eines Menschen unter dem durchschnittlichen Einkommen von Menschen in einem Land liegt. In relativer Armut lebt also, wer weniger Geld als die meisten Menschen um ihn herum hat. Diese Menschen können sich vielleicht gerade so das Nötigste leisten, aber sie müssen dennoch viele Nachteile in Kauf nehmen.

Wirtschaftlich schwache Menschen haben weniger Geld für gesundes Essen, Medikamente und medizinische Behandlungen. Deshalb sind sie häufiger und schwerer krank und sterben sogar früher. Freizeit-Ausgaben für Kino, Sportverein oder Musikunterricht sind für sie unmöglich. Menschen mit wenig Geld haben ständig Angst, ihre Grundbedürfnisse nicht mehr befriedigen zu können, also hungern oder auf der Straße leben zu müssen. Durch den andauernden Stress haben sie weniger Zeit und Aufmerksamkeit für Bildung. Kinder aus finanziell schwachen Familien entscheiden sich oft gegen einen langen Ausbildungsweg mit Abitur und Studium, weil sie so schnell wie möglich Geld verdienen wollen oder müssen. Doch wer nur eine geringe Ausbildung hat, bekommt leider oft auch nur schlecht bezahlte Jobs. Und wer wenig verdient, kann wenig oder nichts sparen und investieren. Wer in dieser Situation krank wird oder die Arbeit verliert, rutscht noch tiefer in die Armut. Ein Teufelskreis!

Wer in einer finanziell benachteiligten Familie aufwächst, hat es sehr, sehr schwer, jemals aus der Armut herauszukommen. Die Wissenschaft nennt das die »Armutsfalle«. Es gibt ein paar Dinge, die Menschen tun können, um dieser Falle zu entkommen: die bestmögliche Ausbildung durchlaufen (wenn nötig mit Stipendien finanziert), eine gute Bezahlung verhandeln, Geld nicht für Unnützes ausgeben, keine Schulden machen, sondern Geld sparen und investieren. Aber die Möglichkeiten des Einzelnen sind begrenzt. Deshalb muss die ganze Gesellschaft – wir alle – ihn dabei unterstützen.

Und was können wir tun? Wir müssen den Reichtum, den es in unserer Gesellschaft gibt, besser verteilen. Menschen mit viel Geld sollten höhere Steuern zahlen und mehr spenden. Das Geld könnte dann einerseits direkt an Menschen mit wenig Geld ausgezahlt werden. Oder es wird beispielsweise bessere kostenfreie Bildung für alle von klein auf damit ermöglicht. Auch mehr kostenlose oder günstige Wohnungen würden Menschen mit wenig Geld helfen. Außerdem müssen alle Menschen in ihrer Arbeit faire Bedingungen und eine gerechte Bezahlung erhalten.

Die Reichen sollten also mehr von ihrem Reichtum abgeben. Aber wer gilt überhaupt als reich? Reichtum zu definieren, ist genauso schwer, wie Armut an einem Geldbetrag festzumachen. Generell kann man sagen, dass eine Person reich ist, wenn sie mehr als doppelt so viel Geld zur Verfügung hat, als der Durchschnitt aller Menschen in der Gesellschaft. Sagen wir, die Menschen in unserer Gesellschaft haben durchschnittlich 2 500 Euro im Monat pro Person zur Verfügung. Dann gilt eine Person, die 5 100 Euro pro Monat zur Verfügung hat, als reich. Ob diese Person sich selbst auch als reich empfindet, ist allerdings nicht gesagt. Vielleicht schmeißt sie das Geld mit beiden Händen zum Fenster heraus – für ein großes Auto, für Restaurantbesuche, weite Reisen, eine große Wohnung ... Sogar Menschen mit sehr viel Geld geben zuweilen mehr aus als sie einnehmen. Sie leben auf großem Fuß und das viele Geld reicht ihnen immer noch nicht. Sie würden sich daher vielleicht nicht als reich bezeichnen.

Generell kann man aber sagen, dass in Reichtum lebt, wer nicht nur die eigenen Grundbedürfnisse befriedigen, sondern sich sogar Luxus leisten kann. Und was ist Luxus? Auch das ist für jeden unterschiedlich. Luxus ist etwas, was über die allgemeine Erwartung hinausgeht. Oft stehen eine Yacht, teure Autos oder weite Reisen in erstklassige Hotels für Luxus. Luxus kann es aber auch sein, nicht (mehr) für sein Einkommen arbeiten zu müssen. Für Frugalistinnen beispielsweise ist Zeit Luxus, etwa wenn sie viele Jahre von ihrem Vermögen bescheiden leben können.

Genauso, wie Menschen in Armut oft ihr ganzes Leben über zu wenig Geld haben, bleibt, wer in eine reiche Familie geboren wurde, oft reich. Kinder aus Familien mit viel Geld erhalten oft eine lange und gute Ausbildung, mit der sie dann einen gut bezahlten Job bekommen. Sie verdienen viel, können viel sparen und viel investieren. Sie haben Geld übrig, das sie für sich arbeiten lassen können. Zusätzlich erben sie Geld und Unternehmen von ihren Eltern. So werden reiche Menschen oft immer reicher. Das nötige Wissen über Finanzen erhalten sie durch ihre reichen Familien und Freundinnen.

Übrigens besitzt 1% der Weltbevölkerung 46% des weltweiten Vermögens. Hingegen besitzen 55% der Menschen weltweit nur 1% des globalen Vermögens. Es gibt also ein paar wenige Menschen, die sehr, sehr viel Geld besitzen, während fast die Hälfte aller Menschen auf der Welt kaum Geld zur Verfügung haben.

Du weißt jetzt schon eine ganze Menge darüber, wie du Geld verdienen, kluge Konsum-Entscheidungen treffen und dein Geld sparen kannst. Und selbst wenn deine Familie wenig Geld hat, du also wenig Taschengeld bekommst, kannst du dir dein eigenes Startkapital schaffen: dein eigenes Geld verdienen, es nicht für Quatsch ausgeben und so etwas sparen. Wenn du das schaffst, kann es weitergehen: Du kannst durch Investitionen in Geldanlagen aus deinen Ersparnissen ein Vermögen machen. Genau das machen nämlich viele reiche Menschen. Mit dem nötigen Wissen, etwas Mut, Geduld und Ausdauer kannst du dafür sorgen, immer genug Geld zu haben – egal, wie viel Geld du jetzt gerade hast.

Und wenn du selbst mehr als genug Geld hast, dann erinnere dich daran: Es ist Glückssache, ob ein Mensch in Reichtum oder Armut hineingeboren wurde. Armut ist ungerecht. Während es unglaublich schwer ist, aus der Armutsfalle herauszukommen, ist es vergleichsweise leicht, reich zu bleiben, wenn man reich geboren wurde. Wenn wir dagegen nichts unternehmen, wird die Ungleichheit zwischen Menschen in Armut und Menschen in Reichtum immer weiter wachsen. Reichtum bringt deshalb eine besondere Verantwortung mit sich. Wer viel Geld hat, sollte sich dafür einsetzen, dass niemand mehr in Armut leben muss, sondern genug für alle da ist. Wie das gelingt, erfährst du im nächsten Kapitel.

Wer Geld hat, trägt Verantwortung

Menschen mit genug oder mehr als genug Geld haben einen enormen Vorteil gegenüber jenen, die zu wenig haben. Es ist nur gerecht, wenn Erstere ihren Vorteil nutzen, um Letztere zu unterstützen und die Welt für alle ein klein bisschen besser zu machen. Dafür gibt es viele Möglichkeiten: Du kannst sozial- und umweltfreundlich konsumieren, investieren und spenden.

Wenn du dir ein Vermögen aufbaust, indem du Geld investierst, kannst du damit ganz nebenbei auch etwas für eine bessere Welt tun, und zwar, indem du dein Geld in Unternehmen investierst, die ökologisch und sozial nachhaltig wirtschaften. Du kannst beispielsweise Aktien aus den Bereichen erneuerbare Energien, Abwasseraufbereitung, Recycling, nachhaltige Landwirtschaft oder Gender Equality (Englisch für Geschlechtergerechtigkeit) kaufen. Aber Achtung: Nachhaltigkeit garantiert keine hohen Erträge. Aktien – auch die nachhaltig wirtschaftender Unternehmen – sind immer risikoreich. Aber du weißt ja mittlerweile, wie du das Risiko deiner Aktien-Anlage senken kannst. Übrigens ist es auch nicht so einfach, Aktien oder ETFs von wirklich nachhaltig wirtschaftenden Unternehmen zu finden. Sie sind zwar oft mit »sustainable«, »green« oder »clean« (Englisch für »nachhaltig«, »grün« und »sauber«) gekennzeichnet, aber nicht selten verbergen sich hinter diesen Labels Mogelpackungen. Du musst also ganz genau hinschauen, wie die Firmen, die du für deine Investition auf dem Radar hast, arbeiten. Aber Perfektionismus ist nun auch wieder nicht angesagt, denn oft wirst du Kompromisse eingehen müssen, beispielsweise wenn Unternehmen sowohl Solarenergie als auch Energiegewinnung aus Kohle betreiben. Eine Lösung könnte sein, dass du dein Geld zu einem bestimmten Prozentsatz in nachhaltig wirtschaftende Unternehmen investierst.

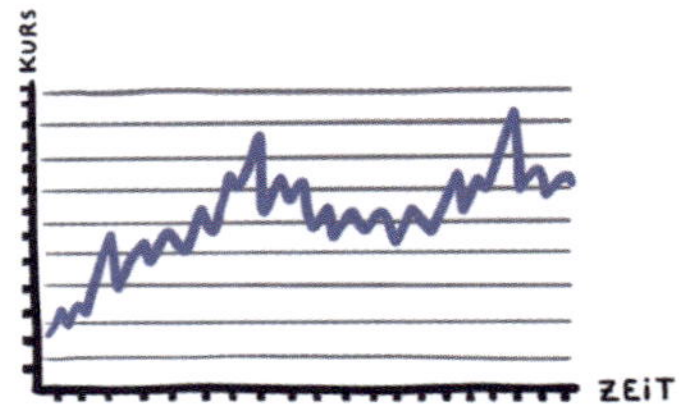

Auch beim Einkaufen hast du immer wieder die Möglichkeit, zu entscheiden, wem du dein Geld gibst, das heißt, welches Unternehmen du mit deinem Konsum unterstützt. Du hast in den vergangenen Kapiteln gelernt, wie du so einkaufen kannst, dass du einerseits dein Portemonnaie schonst und andererseits möglichst lange Freude an deinen Einkäufen hast. Aber es gibt noch etwas zu bedenken: In allem, was du kaufst, steckt die Arbeit von vielen anderen Menschen. Deshalb gilt: Wenn du etwas besonders günstig kaufst, zahlt meistens jemand anderes den wirklichen Preis dafür.

Wie ist das gemeint? Ein T-Shirt, das vier Euro kostet, ist zu billig. Bis du es kaufst, passiert viel: Die Baumwolle muss angebaut, geerntet und zu Garn verarbeitet werden. Der Stoff muss gefärbt und zu einem T-Shirt geschneidert werden. Dann muss das T-Shirt dorthin transportiert werden, wo es verkauft werden soll. Es muss beworben werden. Im Geschäft müssen Menschen arbeiten, die es dir dann verkaufen. Zwischendurch wollen

einige Menschen an dem T-Shirt verdienen: Die Bauern, die Arbeiterinnen in der Textilfabrik, die Näher, die Fabrikbesitzerin, die Transportfirma und ihre Mitarbeiter, die Zwischenhändlerinnen, die Marketing-Agentur und ihre Mitarbeiter, die Inhaberin des Klamottenladens und ihre Verkäufer. Und am Ende bezahlst du nur vier Euro für das T-Shirt? Da kann doch etwas nicht stimmen.

Genau. Andere zahlen die wahren Kosten: Die Bauern, die sehr wenig für ihre Baumwolle erhalten, die Näherinnen, die schlecht bezahlt werden, die Menschen, die die Stoffe ohne ausreichenden Schutz mit giftigen Chemikalien einfärben, die Natur, die durch diese Chemikalien verseucht wird und die austrocknet, weil alles Wasser für die riesigen Baumwollfelder benutzt wird. Und das ist nur der Anfang einer langen Liste …

Du kannst deinen Beitrag zu einer gerechteren und besseren Welt leisten, indem du Unternehmen, die Umwelt und Menschen ausbeuten, nicht mehr mit deinem Konsum unterstützt. Kaufe so wenig wie möglich neu ein und wenn, dann achte darauf, dass es unter fairen und ökologischen Bedingungen produziert wurde. Siegel wie Der grüne Knopf, GOTS, Bioland, demeter oder fairtrade helfen dir bei der Orientierung. Finde heraus, wie die Produkte einer Firma hergestellt werden und wer dahintersteckt. Dann überlege, ob du dem Eigentümer dieser Firma dein Geld geben willst. Oft genug wirst du feststellen, dass du das nicht möchtest. Aber wenn du einmal ein paar Marken gefunden hast, deren Kleidung, Kosmetik oder Lebensmittel dir richtig gut gefallen und die fair für Mensch und Umwelt hergestellt wurden, wirst du doppelt

so viel Freude beim Kaufen haben, weil du nicht nur dir, sondern auch anderen etwas gönnst.

Bei der Gelegenheit solltest du auch darüber nachdenken, das ein oder andere gar nicht zu kaufen und das Geld lieber zu spenden. Überleg mal: Was kannst du dir von 1,80 Euro kaufen? Zwei Brötchen? Eine Haarklammer? Zwei Kugeln Eis? Eine Tube Zahnpasta? Nicht viel. Doch jeder zehnte Mensch auf der Welt hat nur 1,80 Euro pro Tag zur Verfügung. Wie soll man davon satt werden? Wie soll man sich so sauber und gepflegt halten? Wie soll man davon Schulbücher, Medikamente und Fahrscheine kaufen? Sogar in Ländern, in denen Essen, Kleidung, Wohnung oder Nahverkehr viel günstiger sind, als bei uns, ist es unmöglich, mit so wenig Geld zu leben.

Aber stell dir vor, was du bewirken kannst, wenn du einen Teil deines Geldes an jene spendest, die in Armut leben. Geld zu spenden heißt, es zu verschenken. Für dich ist es nur eine kleine Summe, aber für diese Menschen macht es einen riesigen Unterschied. Du kannst den Menschen, die in deiner Stadt betteln, etwas Kleingeld geben oder etwas zu essen und zu trinken. Du kannst aber auch Geld an Organisationen spenden, die im ganzen Land und auf der ganzen Welt Menschen in Armut helfen. Das sind zum Beispiel die Tafel, die Welthungerhilfe oder Brot für die Welt.

Du kannst aber auch Geld für andere Zwecke spenden, die dir am Herzen liegen. Du liebst das Meer? Dann spende doch an eine Initiative wie everwave, die die Meere von Plastikmüll befreit. Du bist eine Tierfreundin? Dann ist vielleicht eine Spende an einen Gnadenhof in deiner Nähe das Richtige für dich. Du bist Brillenträgerin und kannst dir gar nicht vorstellen, wie du ohne deine Brille klarkommen würdest? Dann spende doch für Brillen. Vereine wie die Ein Dollar Brille bauen Brillen, die sich wirklich jeder leisten kann. Du möchtest anderen Kindern ein besseres Leben, eine gute Schulbildung oder etwas Spielzeug ermöglichen? UNICEF, die SOS-Kinderdörfer oder Plan International setzen sich für Kinder ein und brauchen dafür Spenden. Du kannst auch gemeinsam mit deinen Eltern, Geschwistern oder Freundinnen eine Patenschaft für ein Kind übernehmen. Ihr spendet dann direkt für dieses eine Kind und es kann davon seine Schule bezahlen, eine Schuluniform und Bücher kaufen oder jeden Tag eine warme Mahlzeit essen. Mit diesem Kind kannst du Briefe und E-Mails austauschen oder es sogar irgendwann besuchen.

Oder du spendest Zeit statt Geld, zum Beispiel, indem du dir Mitstreiterinnen suchst und zusammen mit ihnen eine Wohltätigkeitsveranstaltung organisierst. Ihr könnt zum Beispiel einen Kuchenbasar ausrichten und alle Einnahmen spenden. Oder ihr sucht euch eine sportliche Herausforderung und bittet Unternehmen und Privatpersonen in eurem Umfeld um Spenden für jeden Liegestütz, jeden Weitsprung und jeden gelaufenen Kilometer, den ihr geschafft habt. Ein Flohmarktstand, dessen Einnahmen ihr spendet, ist auch eine gute Idee. Du schaffst Platz in deinen Schränken, deine Käuferinnen freuen sich über die schönen Teile und du verdienst Geld für einen guten Zweck.

Du kannst auch Zeit spenden, indem du ein **Ehrenamt** ausübst. Ehrenämter sind Tätigkeiten, die der Gemeinschaft nützen und für die man nicht bezahlt wird. Ein Ehrenamt ist eine tolle Gelegenheit für dich, andere Menschen und verschiedene Arbeitsfelder kennenzulernen und dabei ganz nebenbei etwas sehr Sinnvolles für andere zu tun. Ehrenämter gibt es beispielsweise:

Bei der freiwilligen Feuerwehr

Als Wahlhelferin

Im Repaircafé

In Jugendfreizeitzentren

In Tierheimen

Bei der Integration von Geflüchteten

Im Umweltschutz

In der Obdachlosenhilfe

Du wirst sehen, es macht sehr glücklich, anderen zu helfen. Du kannst auf diese Weise die Welt zu einem schöneren Ort machen – für andere und auch für dich selbst.

Mit Geld kannst du wirklich die Welt ein kleines bisschen verändern: Du kannst denen etwas geben, die zu wenig haben. Du kannst Projekte unterstützen, die Probleme lösen. Du kannst Firmen unterstützen, die Arbeitsplätze zu fairen Bedingungen bieten und die Ressourcen schonen. Und du kannst als Investorin Technologien und Unternehmen dein Geld geben, die etwas für die Zukunft aller tun und dich an ihrem Erfolg teilhaben lassen, indem sie ihren Gewinn mit dir teilen. Du kannst dein Geld in eine bessere Zukunft investieren und es dadurch sogar vermehren. Win win!

Angekreidet!
Mit Kreide gegen
sexualisierte Belästigung

ALLE LIEFERBAREN TITEL, INFORMATIONEN UND SPECIALS
FINDEN SIE ONLINE

Auch als eBook

www.dtv.de dtv

Gefördert durch ein Recherchestipendium
der Senatsverwaltung für Kultur und Europa.

FSC
www.fsc.org
MIX
Papier aus verantwortungsvollen Quellen
FSC® C021956

Originalausgabe
2023 dtv Verlagsgesellschaft mbH & Co. KG, München

Umschlag- und Innengestaltung: Inka Vigh
© Foto Collien Ulmen-Fernandes: Anatol Kotte
Gesetzt aus der Skolar Latin
Layout: Marleen Janzen, dtv
Satz: Fotosatz Amann, Memmingen
Druck und Bindung: Litotipografia Alcione S.r.l.
Printed in Italy · ISBN 978-3-423-74091-3